U0094048

手寫╳螺旋式學習法╳日記式規劃
三重饗宴！

趕快加入派對，一起歡樂學日文！

＼全書MP3 QRcode／

因手機系統不
同，音檔建議直
接下載至電腦！

インストラクション
使用說明

派對

第一幕▶ 手寫╳螺旋式學習法╳日記式規劃，三重饗宴！

| Day 1 | SUN | MON | TUE |

日記式規劃：有計畫、無負擔的學習。

平假

あ行

か行

さ行

た行

な行

は行

ま行

や行

ら行

わ行

鼻音

◀ Track 004

讀音

[a]

字源演變：
安 ▶ **あ** ▶ あ

美國普林斯頓大學及加州大學洛杉磯分校研究顯示，「手寫」有助於大腦記憶！

あ	一	十	あ	あ	あ

規劃手寫格：根據美國普林斯頓大學及加州大學洛杉磯分校的研究顯示，手寫有助於大腦的記憶，聽課、學習時搭配手寫，大腦就能有效的消化、吸收內容，同時會使人集中精神、提升學習效果。

！ 要注意喔

あ
╳ 太瘦囉！

あ
要凸出來喔！

利用螺旋式學習法打鐵趁熱，用學過的字造詞，加強記憶！

❶ あお 藍色
　 a o

❷ あう 合適
　 a u

❸ あい 愛
　 a i

外師親錄：東京腔口音，學習最道地、最標準的發音。

字源演變：容易聯想，記熟50音一點都不難。

| THU | FRI | SAT |

片 假

ア行

カ行
サ行
タ行
ナ行
ハ行
マ行
ヤ行
ラ行
ワ行
鼻音

讀音
[a]

字源演變：
阿 ▶ 阝 ▶ ア

ア	フ	ア	ア	ア	ア

螺旋式學習法：這些字你一定都會讀！用學過的字造詞，加強記憶，熟記50音不求人。

！要注意喔

ア　ア
太長囉！
太短囉！

利用螺旋式學習法打鐵趁熱，用學過的字造詞，加強記憶！

❶ アイス　冰 (ice)
　 a i su

❷ アニメ　動畫 (animation)
　 a ni me

❸ アイ　眼睛 (eye)
　 a i

常見錯誤寫法：手寫重點一看就懂，避免寫錯好尷尬的狀況。

容易混淆的濁音、半濁音、拗音、促音學習關鍵！

莉香老師的話：莉香老師有著超過2000名學生的教學經驗！詳細說明易混淆學習重點。

外師親錄：濁音、半濁音、拗音、促音發音重點；日常會話如何說得道地，讓當地東京腔外師來告訴你！

濁音

右上角有「ヽ」的就叫做濁音哦！

莉香老師的話

か行、さ行、た行、は行有濁音哦！

例

か → が

か

か

不能點在下面
是點在右上角哦！

手寫濁音

★ ...根據美國普林斯頓大學及加州大學洛杉磯分校的研究... 手寫有助於大腦的記憶、理解、學習時搭配手寫，加... 效的消化、吸收內容，同時會讓人集中精神、提升寫... 起來吧跟著濁音一起手寫吧！

◀ Track 053

		が		
が ガ ga		が ガ		
ぎ ギ gi		ぎ ギ		
ぐ グ gu		ぐ グ		
げ ゲ ge		げ ゲ		
ご ゴ go		ご ゴ		

派對第二幕：手寫濁音、半濁音、拗音、促...

一起認識**濁音單字**吧！

學完了濁音之後，讓我們來看看，這些假名都可以組合成什...樣的生活單字吧！

◀ Track 055

❶ べんとう ben to- 便當
❷ ぎんこう gin ko- 銀行
❸ まんが man ga 漫畫
❹ たまご ta ma go 蛋
❺ かぜ ka ze 感冒
❻ びじん bi jin 美女
❼ ぼうし bo- shi 帽子
❽ げんき gen ki 健康
❾ ごはん go han 米飯
❿ じんこう jin ko- 人口

派對第二幕：手寫濁音、半濁音、拗音、促音

螺旋式學習法：螺旋式學習法就是用已學過的概念來帶出新的內容，本書使用螺旋式學習法編寫單字和句子，讀到最後你會發現這些字你一定都會讀！用學過的字造詞，加強記憶，熟記50音不求人。

學完50音，學會發音規則，來學習日常會話吧！

簡易日常會話：掌握日本人每天都會用到的生活會話。

◀ Track 064

❺ おげんきですか　你好嗎？

◀ Track 063

❻ げんきです　我很好。

❼ こんばんは　晚安。

❽ おやすみなさい　晚安（睡覺前）

❾ ありがとうございます　謝謝。

❿ どういたしまして　不客氣。

⓫ おひさしぶりです　好久不見！

⓬ おつかれさまでした　辛苦了。

⓭ すみません　不好意思。

⓮ いただきます　我開動了。

⓯ ごちそうさま　謝謝招待，我吃飽了。

規劃手寫格：根據美國普林斯頓大學及加州大學洛杉磯分校的研究顯示，手寫有助於大腦的記憶，聽課、學習時搭配手寫，大腦就能有效的消化、吸收內容，同時會使人集中精神、提升學習效果。

はじめまして、私は莉香です。どうぞよろしくお願いします。大家初次見面,很高興可以透過這本書跟大家見面,陪大家一起學習日文!

會想要出一本手寫日文書,是因為在我的教學經驗中,有太多學生在學習50音的過程中遇到挫折,常常跟我說:「老師!日文每個字看起來都很像!」、「平假名都記不起來怎麼辦?」、「ソ和ン我怎麼寫都一樣耶!」……。這些挫折讓學生們在學習日文時,容易半途而廢。但50音是學習日文的第一步,學好50音才能活用日文!我能體會大家在學習外語時的痛苦和無助,因此決定舉辦日文派對邀請大家一同狂歡,讓學習50音這件事是有趣和快樂的!

美國普林斯頓大學及加州大學洛杉磯分校的研究顯示,手寫有助於大腦的記憶,聽課或學習時搭配著手寫,大腦就能有效的消化和吸收內容,同時,手寫會使人集中精神、提升學習效果,因此本書規劃了手寫格子,讓大家可以邊聽邊寫,50音寫得好又記得熟。

對於不熟悉的語言,多聽、多看和多讀很重要!全書運用螺旋式學習法,用學過的字帶出單字;學會單字就能看懂句子。按部就班、循序漸進的學習,你會發現你能看懂越來越多日文!學習不求快,但求學得精,學習語言的關鍵就是持之以恆,每天接觸自然而然掌握日文,日記式規劃幫助你安排學習計畫,一週學一行,學了可以熟記並活用,不會因為記太多而搞混,學習語言有計畫卻又無負擔。

準備好一起參加派對了嗎?這場派對是專門為初學者、自學者舉辦的!只要看完這本書,用歡樂、無負擔的方式學習日文,相信50音就不會再是你的瓶頸,一起輕輕鬆鬆記住50音!趕快進入50音的手寫饗宴,歡樂地學習日文吧!

もくじ
目錄

面白い擬声語

大家好，在開始學習日文之前，讓我們來聽聽看有趣的擬聲詞吧！日文的擬聲詞和我們從小到大習慣的擬聲詞很不一樣喔！像是形容在火車時，我們會說：噗噗～くーㄥくーㄤくーㄥくーㄤ，在日文會用ポッポーがたんごとーん（po ppo- ga tan go to-n）來形容唷！是不是很不一樣呀！聽完這些大家會發現，其實日文是可以很可愛、很有節奏的喔！趕快一起來聽聽看吧！

● 犬：ワンワン
② 貓：ニャーニャー
③ 小雞：ピヨピヨ
④ 豬：ブーブー
⑤ 牛：モーモー
⑥ 馬：ヒヒーン
⑦ 公雞：コケコッコー
⑧ 貓頭鷹：ホーホー
⑨ 鴨子：ガーガー
⑩ 火車：ポッポー
⑪ 火車汽笛聲：ブッブー
⑫ 列車行進聲：ガタンゴトン

一起聽聽
可愛又有節奏感
的擬聲詞吧！

五十音表

清音、鼻音

🔊 **Track 001**

	あ段		い段		う段		え段		お段	
	平假名	片假名	平假名	片假名	平假名	片假名	平假名	片假名	平假名	片假名
あ行	あ	ア a	い	イ i	う	ウ u	え	エ e	お	オ o
か行	か	カ ka	き	キ ki	く	ク ku	け	ケ ke	こ	コ ko
さ行	さ	サ sa	し	シ shl	す	ス su	せ	セ se	そ	ソ so
た行	た	タ ta	ち	チ chi	つ	ツ tsu	て	テ te	と	ト to
な行	な	ナ na	に	ニ ni	ぬ	ヌ nu	ね	ネ ne	の	ノ no
は行	は	ハ ha	ひ	ヒ hi	ふ	フ fu	へ	ヘ he	ほ	ホ ho
ま行	ま	マ ma	み	ミ mi	む	ム mu	め	メ me	も	モ mo
や行	や	ヤ ya			ゆ	ユ yu			よ	ヨ yo
ら行	ら	ラ ra	り	リ ri	る	ル ru	れ	レ re	ろ	ロ ro
わ行	わ	ワ wa							を	ヲ wo
鼻音	ん	ン n								

濁音

	平假名	片假名	平假名	片假名	平假名	片假名	平假名	片假名	平假名	片假名
が行	が	ガ ga	ぎ	ギ gi	ぐ	グ gu	げ	ゲ ge	ご	ゴ go
ざ行	ざ	ザ za	じ	ジ ji	ず	ズ zu	ぜ	ゼ ze	ぞ	ゾ zo
だ行	だ	ダ da	ぢ	ヂ ji	づ	ヅ zu	で	デ de	ど	ド do
ば行	ば	バ ba	び	ビ bi	ぶ	ブ bu	べ	ベ be	ぼ	ボ bo

半濁音

	平假名	片假名	平假名	片假名	平假名	片假名	平假名	片假名	平假名	片假名
ぱ行	ぱ	パ pa	ぴ	ピ pi	ぷ	プ pu	ぺ	ペ pe	ぽ	ポ po

拗音

平假名	片假名	平假名	片假名	平假名	片假名	平假名	片假名	平假名	片假名	平假名	片假名
きゃ	キャ kya	きゅ	キュ kyu	きょ	キョ kyo	りゃ	リャ rya	りゅ	リュ ryu	りょ	リョ ryo
しゃ	シャ sha	しゅ	シュ shu	しょ	ショ sho	ぎゃ	ギャ gya	ぎゅ	ギュ gyu	ぎょ	ギョ gyo
ちゃ	チャ cha	ちゅ	チュ chu	ちょ	チョ cho	じゃ	ジャ ja	じゅ	ジュ ju	じょ	ジョ jo
にゃ	ニャ nya	にゅ	ニュ nyu	にょ	ニョ nyo	ぢゃ	ヂャ ja	ぢゅ	ヂュ ju	ぢょ	ヂョ jo
ひゃ	ヒャ hya	ひゅ	ヒュ hyu	ひょ	ヒョ hyo	びゃ	ビャ bya	びゅ	ビュ byu	びょ	ビョ byo
みゃ	ミャ mya	みゅ	ミュ myu	みょ	ミョ myo	ぴゃ	ピャ pya	ぴゅ	ピュ pyu	ぴょ	ピョ pyo

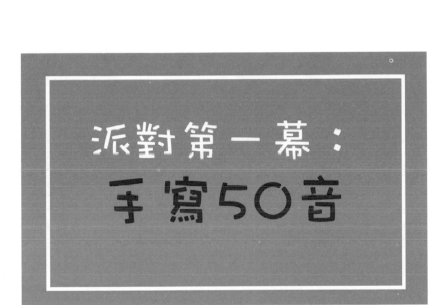

派對第一幕：
手寫50音

平 假

あ 行

か 行
さ 行
た 行
な 行
は 行
ま 行
や 行
ら 行
わ 行
鼻 音

🔊 **Track 004**

讀音

[a]

字源演變：
安 ▶ *あ* ▶ あ

美國普林斯頓大學及加州大學洛杉磯分校研究顯示，「手寫」有助於大腦記憶！

あ	一	𠂇	あ	⟨あ⟩	⟨あ⟩

！要注意喔

太瘦囉！

要凸出來喔！

利用螺旋式學習法打鐵趁熱，
用學過的字造詞，加強記憶！

❶ あお　藍色
　 a o

❷ あう　合適
　 a u

❸ あい　愛
　 a i

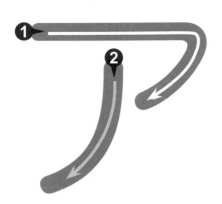

讀音
[a]

字源演變：
阿 ▶ 卩 ▶ ア

片假

ア行

カ行

サ行

タ行

ナ行

ハ行

マ行

ヤ行

ラ行

ワ行

鼻音

ア	フ	ア	ア	ア	ア

！要注意喔

太長囉！

太短囉！

利用螺旋式學習法打鐵趁熱，
用學過的字造詞，加強記憶！

❶ **アイス**　冰 (ice)
　a i su

❷ **アニメ**　動畫 (animation)
　a ni me

❸ **アイ**　眼睛 (eye)
　a i

平 假

あ行

か行
さ行
た行
な行
は行
ま行
や行
ら行
わ行
鼻音

◀€ Track 005

讀音

[i]

字源演變：

以 ▶ い ち ▶ い

美國普林斯頓大學及加州大學洛杉磯分校研究顯示，「手寫」有助於大腦記憶！

い	し	い	い	い	い

! 要注意喔

很像「括號」

（ ） い
再長一點

利用螺旋式學習法打鐵趁熱，
用學過的字造詞，加強記憶！

❶ いえ　房子
　 i e

❷ いう　說
　 i u

❸ いい　好的
　 i-

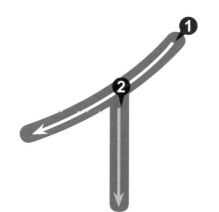

片 假

ア行

カ行

サ行

タ行

ナ行

ハ行

マ行

ヤ行

ラ行

ワ行

鼻音

讀音

[i]

字源演變：

伊 ▶ イ ▶ イ

イ	ノ	イ	イ	イ	イ

! 要注意喔

太短囉！

太長囉！

利用螺旋式學習法打鐵趁熱，
用學過的字造詞，加強記憶！

❶ イエス 是 (yes)
　 i e su

❷ インテリ 知識分子 (Intellectual)
　 i n te ri

❸ イクラ 鹹鮭魚卵 (俄文 ikra)
　 i ku ra

平假

あ行

か行
さ行
た行
な行
は行
ま行
や行
ら行
わ行
鼻音

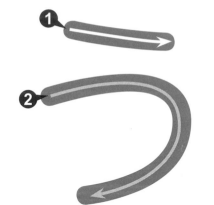

🔊 **Track 006**

讀音

[u]

字源演變：

宇 ▶ 之 ▶ う

美國普林斯頓大學及加州大學洛杉磯分校研究顯示，「手寫」有助於大腦記憶！

う	｀ う	う	う	う

！ 要注意喔

不能有角
要彎一點

利用螺旋式學習法打鐵趁熱，
用學過的字造詞，加強記憶！

❶ うえ　上面
　 u e

❷ あう　遇見
　 a u

❸ うし　牛
　 u shi

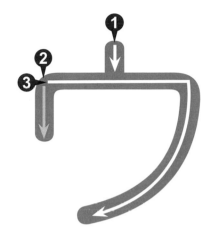

讀音

[u]

字源演變：
字 ▶ 宀 ▶ ウ

ウ	'	''	ウ	ウ	ウ

！要注意喔

太短、
再長一點

太胖了！片假名
的字要寫的有稜
有角一點哦！

利用螺旋式學習法打鐵趁熱，
用學過的字造詞，加強記憶！

❶ ウエスト　腰 (waist)
　 u e su to

❷ ウイルス　病毒 (virus)
　 u i ru su

❸ サウナ　三溫暖 (芬蘭文 sauna)
　 sa u na

平假

あ行

か行

さ行

た行

な行

は行

ま行

や行

ら行

わ行

鼻音

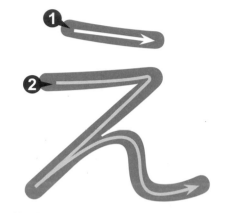

◀€ Track 007

讀音

[e]

字源演變：
衣 ▶ 衣 ▶ え

美國普林斯頓大學及加州大學洛杉磯分校研究顯示，「手寫」有助於大腦記憶！

え	ˋ え	え	え	え

え 不能有角 要圓滑曲線
元
很像國字 的「元」

利用螺旋式學習法打鐵趁熱，
用學過的字造詞，加強記憶！

❶ え　繪畫
　 e

❷ え　柄
　 e

❸ えいえん　永遠
　 e- en ＊ん是鼻音

片 假

ア行

カ行

サ行

タ行

ナ行

ハ行

マ行

ヤ行

ラ行

ワ行

鼻音

讀音

[e]

字源演變：

江 ▶ エ ▶ 工

エ	一	丁	工	エ	エ

利用螺旋式學習法打鐵趁熱，
用學過的字造詞，加強記憶！

! 要注意喔

太長囉！

太短囉！

❶ エアコン　空調 (airconditioner)
　 e a ko n

❷ カエル　青蛙
　 ka e ru

❸ エリア　區域 (area)
　 e ri a

平假

あ行

か行

さ行

た行

な行

は行

ま行

や行

ら行

わ行

鼻音

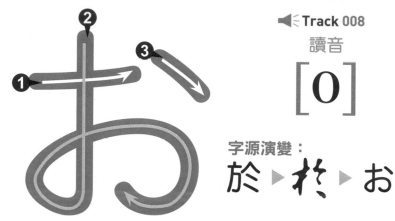

🔊 **Track 008**

讀音

[O]

字源演變：

於 ▶ 扵 ▶ お

美國普林斯頓大學及加州大學洛杉磯分校研究顯示，「手寫」有助於大腦記憶！

お	一	お	お	お	お

！要注意喔

右邊要
胖一點

不用超出
太多

利用螺旋式學習法打鐵趁熱，
用學過的字造詞，加強記憶！

❶ お　尾巴
　o

❷ おおい　多的
　o- i

❸ おうえん　應援
　o- e n

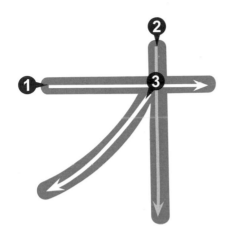

片 假

讀音

[O]

字源演變：

於 ▶ 方 ▶ オ

オ	一	十	オ	オ	オ

ア行

カ行

サ行

タ行

ナ行

ハ行

マ行

ヤ行

ラ行

ワ行

鼻音

！要注意喔

要連起來

利用螺旋式學習法打鐵趁熱，
用學過的字造詞，加強記憶！

❶ オムライス　蛋包飯
　 o mu ra i su

❷ カラオケ　卡拉 ok
　 ka ra o ke

❸ タオル　毛巾 (towel)
　 ta o ru

綜合習題 1 【平假名練習】

★填入正確的詞

❶ 藍色（　　　　　　）
　　　　　　a o

❺ 尾巴（　　　　　　）
　　　　　　　　　　o

❷ 繪畫（　　　　　　）
　　　　　　e

❻ 説（　　　　　　）
　　　　　　　　i u

❸ 上方（　　　　　　）
　　　　　　u e

❼ 愛（　　　　　　）
　　　　　　　　a i

❹ 房子（　　　　　　）
　　　　　　i　e

❽ 遇見（　　　　　　）
　　　　　　　　a　u

解答：
❶ あお　　　❷ え　　　❸ うえ　　　❹ いえ
❺ お　　　❻ いう　　　❼ あい　　　❽ あう

綜合習題 2 【片假名練習】

★填入正確的詞

❶ ☐ ☐ ス
a　i　su

❷ ☐ ☐ スト
u　o　su to

❸ カラ ☐ ケ
ka ra　o　ke

❹ ☐ ☐ コン
e　a　kon

❺ ☐ ンテリ
i　n te ri

❻ ☐ リ ☐
e　ri　a

❼ サ ☐ ナ
sa　u　na

❽ ☐ イルス
u　i ru su

解答：

❶ ア、イ　　❷ ウ、エ　　❸ オ　　　❹ エ、ア

❺ イ　　　❻ エ、ア　　❼ ウ　　　❽ ウ

平假

あ行
か行
さ行
た行
な行
は行
ま行
や行
ら行
わ行
鼻音

🔊 **Track 009**

讀音
[ka]

字源演變：
加 ▶ か ▶ か

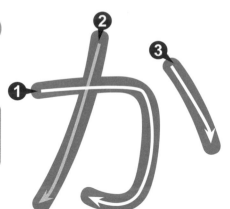

美國普林斯頓大學及加州大學洛杉磯分校研究顯示，「手寫」有助於大腦記憶！

か	つ	カ	か	か

！ 要注意喔

彎一點
太長
點太遠

利用螺旋式學習法打鐵趁熱，
用學過的字造詞，加強記憶！

❶ かい　～樓
　ka i

❷ かう　購買
　ka u

❸ かお　臉
　ka o

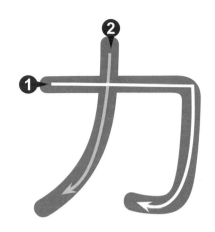

讀音

[ka]

字源演變：
加 ▶ 力 ▶ カ

カ	フ	カ	カ	カ	カ

！要注意喔

太短

太長

太長

利用螺旋式學習法打鐵趁熱，
用學過的字造詞，加強記憶！

❶ カメラ　相機 (camera)
　 ka me ra

❷ カクテル　雞尾酒 (cocktail)
　 ka ku te ru

❸ カルテ　病歷 (德文 Karte)
　 ka ru te

平假

あ行
か行
さ行
た行
な行
は行
ま行
や行
ら行
わ行
鼻音

◀ **Track 010**

讀音
[ki]

字源演變：

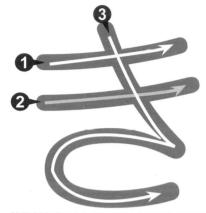

幾 ▶ 乡 ▶ き

美國普林斯頓大學及加州大學洛杉磯分校研究顯示，「手寫」有助於大腦記憶！

き	一	二	き	き	き

利用螺旋式學習法打鐵趁熱，
用學過的字造詞，加強記憶！

❶ き　樹
　　ki

❷ きおん　氣溫
　　ki o n

❸ きかい　機會
　　ki ka i

！ 要注意喔

也可以寫成「き」

太直　　太遠

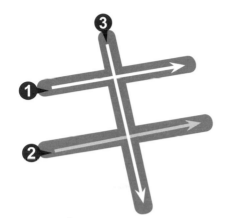

片假

ア行

カ行

サ行

タ行

ナ行

ハ行

マ行

ヤ行

ラ行

ワ行

鼻音

讀音

[ki]

字源演變：

幾 ▶ 乇 ▶ キ

キ	一	二	キ	᠁キ	᠁キ

！要注意喔

太擠

離太開

利用螺旋式學習法打鐵趁熱，
用學過的字造詞，加強記憶！

❶ キムチ　泡菜
ki mu chi

❷ キロ　公斤 (法文 kilo)
ki ro

❸ スキル　技能 (skill)
su ki ru

平假

あ行
か行
さ行
た行
な行
は行
ま行
や行
ら行
わ行
鼻音

◀€ **Track 011**

讀音
[ku]

字源演變：

久 ▶ 〻 ▶ く

美國普林斯頓大學及加州大學洛杉磯分校研究顯示，「手寫」有助於大腦記憶！

く	く	く	く	く	く

！要注意喔

不用這麼彎

不能有角

利用螺旋式學習法打鐵趁熱，
用學過的字造詞，加強記憶！

❶ くうき 空氣
ku- ki

❷ くうかん 空間
ku- ka n

❸ くかく 區域
ku ka ku

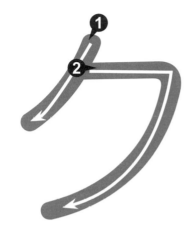

讀音

[ku]

字源演變：

久 ▶ ク ▶ ク

ク	ノ	ク	ク	ク	ク

！要注意喔

不要突出太多

再長一點

利用螺旋式學習法打鐵趁熱，
用學過的字造詞，加強記憶！

❶ **クラス** 班級 (class)
　ku ra su

❷ **クリスマス** 聖誕節 (Christmas)
　ku ri su ma su

❸ **クーラー** 冷氣 (cooler)
　ku- ra- ＊片假名中「ー」
　　　　　代表拉長音

平假

あ行
か行
さ行
た行
な行
は行
ま行
や行
ら行
わ行
鼻音

◀€**Track 012**

讀音
[ke]

字源演變：
計 ▶ け ▶ け

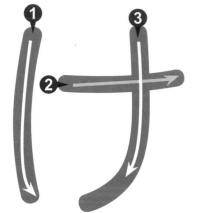

美國普林斯頓大學及加州大學洛杉磯分校研究顯示，「手寫」有助於大腦記憶！

け	l	l ー	け	け	け

！要注意喔

太長
太直

利用螺旋式學習法打鐵趁熱，
用學過的字造詞，加強記憶！

❶ けいえい　經營
　 ke- e-

❷ けいかく　計畫
　 ke- ka ku

❸ きけん　危險
　 ki ke n

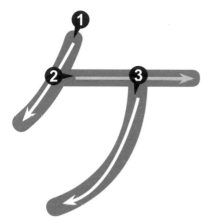

讀音

[ke]

字源演變：

介 ▶ 乞 ▶ ケ

片 假

ア行

カ行

サ行

タ行

ナ行

ハ行

マ行

ヤ行

ラ行

ワ行

鼻音

ケ	ノ	ト	ケ	ケ	ケ

！要注意喔

再長一點
會更漂亮

不用彎

利用螺旋式學習法打鐵趁熱，
用學過的字造詞，加強記憶！

❶ **カラオケ** 卡拉 ok
　 ka ra o ke

❷ **ケーキ** 蛋糕 (cake)
　 ke- ki

❸ **ケトル** 水壺 (kettle)
　 ke to ru

平 假

あ行
か行
さ行
た行
な行
は行
ま行
や行
ら行
わ行
鼻音

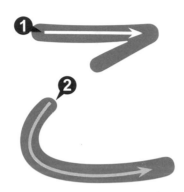

Track 013

讀音
[ko]

字源演變：
己 ▶ こ ▶ こ

美國普林斯頓大學及加州大學洛杉磯分校研究顯示，「手寫」有助於大腦記憶！

こ	⁻	こ	こ	こ	こ

! 要注意喔

上面的曲線
要短一點

上下曲線
長度顛倒了

利用螺旋式學習法打鐵趁熱，
用學過的字造詞，加強記憶！

❶ こ　孩子
　 ko

❷ こい（味道）濃的
　 ko i

❸ こうこう　高中
　 ko- ko-

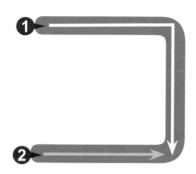

讀音

[ko]

字源演變：

己 ▶ コ ▶ コ

コ　コ　コ　コ　コ　コ

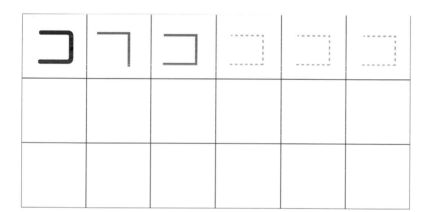

！要注意喔

不能
突出來哦！
會變成
片假名「ユ」(yo)

利用螺旋式學習法打鐵趁熱，
用學過的字造詞，加強記憶！

❶ コアラ　無尾熊 (koala)
　 ko a ra

❷ コンテスト　競賽 (contest)
　 ko n te su to

❸ コンセント　插座
　 ko n se n to

綜合習題 **1** 【平假名練習】

★填入正確的詞

❶ 臉（　　　　　　　）
　　　　　ka o

❺ 氣溫（　　　　　　　）ん
　　　　　　　ki o 　　 n

❷ 區域（　　　　　　　）
　　　　　ku ka ku

❻ 濃的（　　　　　　　）
　　　　　　　ko i

❸ 危險（　　　　　　　）ん
　　　　　　ki ke n

❼ 孩子（　　　　　　　）
　　　　　　　ko

❹ 機會（　　　　　　　）
　　　　　ki ka i

❽ 購買（　　　　　　　）
　　　　　　　ka u

解答：

❶ かお　　　❷ くかく　　　❸ きけ　　　❹ きかい

❺ きお　　　❻ こい　　　❼ こ　　　❽ かう

綜合習題2【片假名練習】

★填入正確的詞

❶ ☐ リスマス
ku　ri su ma su

❷ ☐ ンテスト
ko　n te su to

❸ ☐ ムチ
ki　mu chi

❹ ☐ ラオケ
ka　ra o ke

❺ ☐☐ テル
ka　ku　te ru

❻ ☐ メラ
ka　me ra

❼ ス☐ル
su　ki　ru

❽ ☐ ラス
ku　ra su

解答：

❶ ク　　　**❷** コ　　　**❸** キ　　　**❹** カ

❺ カ、ク　　**❻** カ　　　**❼** キ　　　**❽** ク　♥

平假

あ行
か行
さ行
た行
な行
は行
ま行
や行
ら行
わ行
鼻音

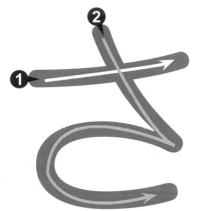

🔊 Track 014

讀音

[sa]

字源演變：

左 ▶ ち ▶ さ

美國普林斯頓大學及加州大學洛杉磯分校研究顯示，「手寫」有助於大腦記憶！

さ	一	さ	さ	さ	さ

！要注意喔

利用螺旋式學習法打鐵趁熱，
用學過的字造詞，加強記憶！

❶ さか　斜坡
　 sa ka

❷ さき　前方
　 sa ki

❸ さいこう　最棒
　 sa i ko-

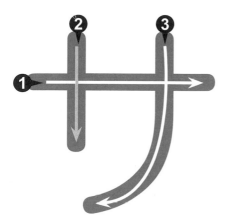

讀音

[sa]

字源演變：

散 ▶ ＃ ▶ サ

片 假

ア行
カ行
サ行
タ行
ナ行
ハ行
マ行
ヤ行
ラ行
ワ行
鼻音

サ	一	＋	サ	サ	サ

！要注意喔

不是一豎　太長囉
要有點斜斜的

利用螺旋式學習法打鐵趁熱，
用學過的字造詞，加強記憶！

❶ **サイクル** 循環 (cycle)
　sa i ku ru

❷ **サイン** 簽名 (sign)
　sa i n

❸ **サンタ** 聖誕老人 (Santa)
　sa n ta

平 假

あ行
か行
さ行
た行
な行
は行
ま行
や行
ら行
わ行
鼻音

🔊 **Track 015**

讀音
[shi]

字源演變：

之 ▶ 之 ▶ し

美國普林斯頓大學及加州大學洛杉磯分校研究顯示，「手寫」有助於大腦記憶！

し	し	し	し	し	し	し

！要注意喔

勾太高
變成英文
「U」

不能有角

利用螺旋式學習法打鐵趁熱，
用學過的字造詞，加強記憶！

❶ しあい 比賽
   shi a i

❷ しお 鹽
   shi o

❸ しかし 但是
   shi ka shi

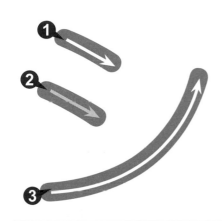

片 假

讀音

[shi]

字源演變：

之 ▶ 乞 ▶ シ

ア行
カ行
サ行
タ行
ナ行
ハ行
マ行
ヤ行
ラ行
ワ行
鼻音

シ	`	ˎ	シ	⠄⠄	⠄⠄

！要注意喔

第三劃太長

點的方向不對

利用螺旋式學習法打鐵趁熱，
用學過的字造詞，加強記憶！

❶ シナリオ　腳本 (scenario)
shi na ri o

❷ シンク　水槽 (sink)
shi n ku

❸ シリアル　麥片 (cereal)
shi ri a ru

平 假

あ行
か行
さ行
た行
な行
は行
ま行
や行
ら行
わ行
鼻音

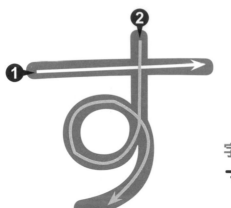

讀音

[su]

字源演變：

寸 ▶ 寸 ▶ す

美國普林斯頓大學及加州大學洛杉磯分校研究顯示，「手寫」有助於大腦記憶！

す	一	す	す	す	す

！要注意喔

太大
會被誤認為「お」

お す

打結處過大

利用螺旋式學習法打鐵趁熱，
用學過的字造詞，加強記憶！

❶ すし 壽司
su shi

❷ すき 喜歡
su ki

❸ すこし 稍微
su ko shi

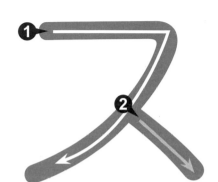

讀音

[su]

字源演變：
須 ▶ 疔 ▶ ス

片假

ア行
カ行
サ行
タ行
ナ行
ハ行
マ行
ヤ行
ラ行
ワ行
鼻音

ス	フ	ス	ス	ス	ス

！要注意喔

太長　　要寫出角度

利用螺旋式學習法打鐵趁熱，
用學過的字造詞，加強記憶！

❶ ストレス　壓力 (stress)
　su to re su

❷ ステレオ　音響 (stereo)
　su te re o

❸ マウス　滑鼠 (mouse)
　ma u su

平假

| あ行 |
| か行 |
| **さ行** |
| た行 |
| な行 |
| は行 |
| ま行 |
| や行 |
| ら行 |
| わ行 |
| 鼻音 |

🔊 **Track 017**

讀音

[se]

字源演變：
世 ▶ せ ▶ せ

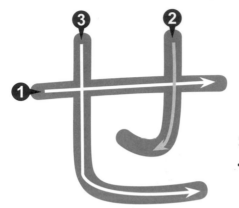

美國普林斯頓大學及加州大學洛杉磯分校研究顯示，「手寫」有助於大腦記憶！

せ	一	ナ	せ	せ	せ

! 要注意喔

せ

要有點
彎度才美

利用螺旋式學習法打鐵趁熱，
用學過的字造詞，加強記憶！

❶ せ　身高
　se

❷ せいこう　成功
　se- ko-

❸ せき　座位
　se ki

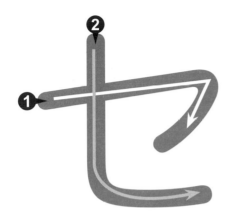

讀音

[se]

字源演變：

世 ▶ セ ▶ セ

片 假

ア行
カ行
サ行
タ行
ナ行
ハ行
マ行
ヤ行
ラ行
ワ行
鼻音

セ	フ	セ	セ	セ	セ

！要注意喔

離太遠

要寫出角度

利用螺旋式學習法打鐵趁熱，
用學過的字造詞，加強記憶！

❶ センス　品味 (sense)
se n su

❷ センチ　公分 (法文 centi)
se n chi

❸ セロリ　西洋芹 (celery)
se ro ri

平 假

あ行
か行
さ行
た行
な行
は行
ま行
や行
ら行
わ行
鼻音

◀ Track 018

讀音

[SO]

字源演變：

曾 ▶ そ ▶ そ

美國普林斯頓大學及加州大學洛杉磯分校研究顯示，「手寫」有助於大腦記憶！

そ	そ	そ	そ	そ	そ

! **要注意喔**

寫太小了　　要有弧度

利用螺旋式學習法打鐵趁熱，
用學過的字造詞，加強記憶！

❶ そう　是的
　 so-

❷ そこ　底部
　 so ko

❸ そうさ　操作
　 so- sa

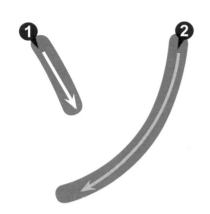

讀音
[SO]

字源演變：
曾 ▶ ゛ ▶ ソ

ソ	＼	ソ	ソ	ソ	ソ	ソ

利用螺旋式學習法打鐵趁熱，
用學過的字造詞，加強記憶！

！ 要注意喔

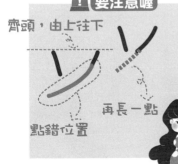

齊頭，由上往下
點錯位置
再長一點

❶ ソフト　柔軟的 (soft)
　 so fu to

❷ ソリ　雪橇 (sled)
　 so ri

❸ ソウルメイト　靈魂伴侶
　 so- ru me- to　(soulmate)

綜合習題 1 【平假名練習】

★填入正確的詞

❶ 壽司（　　　　　）
su shi

❷ 斜坡（　　　　　）
sa ka

❸ 座位（　　　　　）
se ki

❹ 身高（　　　　　）
se

❺ 底部（　　　　　）
so ko

❻ 比賽（　　　　　）
shi a i

❼ 前方（　　　　　）
sa ki

❽ 喜歡（　　　　　）
su ki

解答：

❶ すし　　　**❷** さか　　　**❸** せき　　　**❹** せ

❺ そこ　　　**❻** しあい　　**❼** さき　　　**❽** すき

綜合習題 2【片假名練習】

★填入正確的詞

1  ナリオ
shi　na ri o

5  イ ル
sa　i　ku　ru

2  フト
so　fu to

6  リ
so　ri

3  ンス
se　n su

7  テレ
su　te re　o

4 トレス
su　to re su

8 ロリ
se　ro ri

解答：

1 シ　　　**2** ソ　　　**3** セ　　　**4** ス

5 サ、ク　　**6** ソ　　　**7** ス、オ　　**8** セ

平假

あ行
か行
さ行
た行
な行
は行
ま行
や行
ら行
わ行
鼻音

🔊 **Track 019**

讀音

[ta]

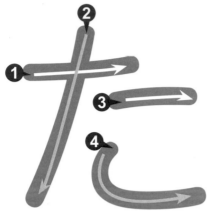

字源演變：

太 ▶ **た** ▶ た

美國普林斯頓大學及加州大學洛杉磯分校研究顯示，「手寫」有助於大腦記憶！

た	一	ナ	た	た	た

⚠ **要注意喔**

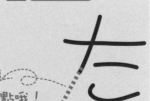

長一點哦！

利用螺旋式學習法打鐵趁熱，
用學過的字造詞，加強記憶！

❶ たいよう 太陽
ta i yo-

❷ たかい 高的
ta ka i

❸ たいせつ 重要的
ta i se tsu

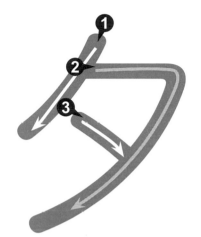

讀音
[ta]

字源演變：
多 ▶ 夕 ▶ タ

タ	ヽ	ク	タ	夕	夕

！ 要注意喔

太長囉
長一點

利用螺旋式學習法打鐵趁熱，
用學過的字造詞，加強記憶！

❶ ネクタイ 領帶 (necktie)
ne ku ta i

❷ タオル 毛巾 (towel)
ta o ru

❸ タレント 藝人 (talent)
ta re n to

平假

| あ行 |
| か行 |
| さ行 |
| **た行** |
| な行 |
| は行 |
| ま行 |
| や行 |
| ら行 |
| わ行 |
| 鼻音 |

🔊 **Track 020**

讀音
[chi]

字源演變：

知 ▶ *ち* ▶ ち

美國普林斯頓大學及加州大學洛杉磯分校研究顯示，「手寫」有助於大腦記憶！

ち	一	ち	ち	ち	ち

！要注意喔

像右邊彎彎的才對
不能有角度喔！

利用螺旋式學習法打鐵趁熱，
用學過的字造詞，加強記憶！

❶ ち 血
chi

❷ ちかい　近的
chi ka i

❸ ちこく　遲到
chi ko ku

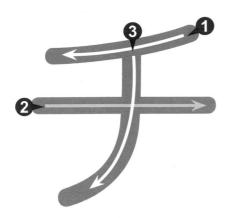

讀音
[chi]

字源演變：
千 ▶ チ ▶ チ

片假
ア行
カ行
サ行
タ行
ナ行
ハ行
マ行
ヤ行
ラ行
ワ行
鼻音

チ	一	二	チ	チ	チ

！要注意喔

像國字的「千」
要向左彎才對

利用螺旋式學習法打鐵趁熱，
用學過的字造詞，加強記憶！

❶ チキン 雞 (chicken)
　　chi ki n

❷ レンチ 扳手 (wrench)
　　ra n chi

❸ チーム 隊伍 (team)
　　chi- mu

平 假

あ行
か行
さ行
た行
な行
は行
ま行
や行
ら行
わ行
鼻音

🔊 Track 021

讀音

[tsu]

字源演變：

川 ▶ い ▶ つ

美國普林斯頓大學及加州大學洛杉磯分校研究顯示，「手寫」有助於大腦記憶！

つ	つ	つ	つ	つ	つ

！要注意喔

要再彎一點
不能有角

太長

利用螺旋式學習法打鐵趁熱，
用學過的字造詞，加強記憶！

❶ つき　月亮／月份
tsu ki

❷ つくえ　桌子
tsu ku e

❸ つかう　使用
tsu ka u

片 假

ア行
カ行
サ行
夕行
ナ行
ハ行
マ行
ヤ行
ラ行
ワ行
鼻音

讀音
[tsu]

字源演變：
川 ▸ ゝ丶ソ ▸ ツ

ツ	ヽ	ヽヽ	ツ	ツ	ツ

！要注意喔

擺錯位置

這是「し」的片假名

長一點

利用螺旋式學習法打鐵趁熱，用學過的字造詞，加強記憶！

❶ ツイン 雙人房 (twin)
　　tsu i n

❷ ツアー 旅行 (tour)
　　tsu a-

❸ タイツ 緊身褲 (tights)
　　ta i tsu

平 假

あ行
か行
さ行
た行
な行
は行
ま行
や行
ら行
わ行
鼻音

◀┊ **Track 022**

讀音

[te]

字源演變：

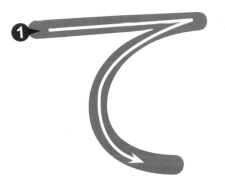

美國普林斯頓大學及加州大學洛杉磯分校研究顯示，「手寫」有助於大腦記憶！

て	て	て	て	て	て

! 要注意喔

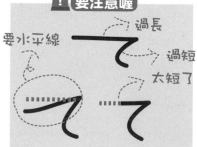

要水平線　過長
過短
太短了

利用螺旋式學習法打鐵趁熱，
用學過的字造詞，加強記憶！

❶ て　手
te

❷ ていか　定價
te i ka

❸ てんき　天氣
te n ki

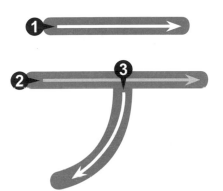

片 假

讀音
[te]

字源演變：
天 ▶ テ ▶ テ

ア行
カ行
サ行
タ行
ナ行
ハ行
マ行
ヤ行
ラ行
ワ行
鼻音

テ	一	二	テ	ツ	ツ

利用螺旋式學習法打鐵趁熱，
用學過的字造詞，加強記憶！

❶ テキスト　教科書 (text)
te ki su to

❷ テスト　考試 (test)
te su to

❸ テニス　網球 (tennis)
te ni su

平假

あ行
か行
さ行
た行
な行
は行
ま行
や行
ら行
わ行
鼻音

🔊 **Track 023**

讀音

[to]

字源演變：

止 ▶ い ▶ と

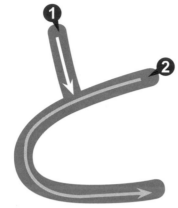

美國普林斯頓大學及加州大學洛杉磯分校研究顯示，「手寫」有助於大腦記憶！

と	＇	と	と	と	と

！要注意喔

太直

要彎彎的

利用螺旋式學習法打鐵趁熱，
用學過的字造詞，加強記憶！

❶ とおい 遠的
　to- i

❷ とかい 都市
　to ka i

❸ とき 時候
　to ki

讀音

[to]

字源演變：

止 ▶ ├ ▶ ト

ト	｜	├	├	├	├

！ 要注意喔

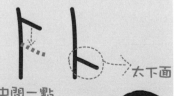

中間一點　　太下面

利用螺旋式學習法打鐵趁熱，
用學過的字造詞，加強記憶！

❶ トイレ　廁所 (toilet)
　 to i re

❷ トマト　番茄 (tomato)
　 to ma to

❸ トンネル　隧道 (tunnel)
　 to n ne ru

綜合習題 1【平假名練習】

★填入正確的詞

❶ 手（　　　　　　）
　　　　te

❷ 都市（　　　　　　）
　　　　to ka i

❸ 重要的（　　　　　　）
　　　　ta i se tsu

❹ 定價（　　　　　　）
　　　　te i ka

❺ 月亮（　　　　　　）
　　　　tsu ki

❻ 近的（　　　　　　）
　　　　chi ka i

❼ 高的（　　　　　　）
　　　　ta ka i

❽ 時候（　　　　　　）
　　　　to ki

解答：

❶ て　　　❷ とかい　　　❸ たいせつ　　　❹ ていか
❺ つき　　　❻ ちかい　　　❼ たかい　　　❽ とき

綜合習題2【片假名練習】

★填入正確的詞

❶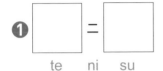
te　ni　su

❷
tsu　i　n

❸
to　i　re

❹
ta　o　ru

❺
chi　ki　n

❻
to　ma　to

❼
te　su　to

❽ ネク　イ
ne　ku　ta　i

解答：

❶ テ、ス　　❷ ツ、イ　　❸ ト　　❹ タ、オ
❺ チ　　❻ ト、ト　　❼ テ　　❽ タ

平 假

あ行
か行
さ行
た行
な行
は行
ま行
や行
ら行
わ行
鼻音

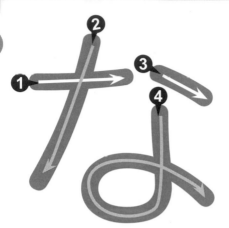

◀ Track 024

讀音

[na]

字源演變：

奈 ▶ な ▶ な

美國普林斯頓大學及加州大學洛杉磯分校研究顯示，「手寫」有助於大腦記憶！

な	一	ナ	ナ	な	な

！ 要注意喔

點跑太遠啦！

な` な

圈圈太大

利用螺旋式學習法打鐵趁熱，
用學過的字造詞，加強記憶！

❶ ない 沒有
　na i

❷ なか 裡面
　na ka

❸ なつ 夏天
　na tsu

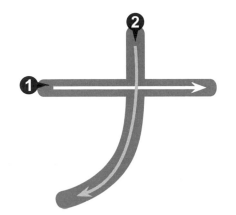

讀音

[na]

字源演變：

奈 ▶ ナ ▶ ナ

片假

ア行
カ行
サ行
タ行
ナ行
ハ行
マ行
ヤ行
ラ行
ワ行
鼻音

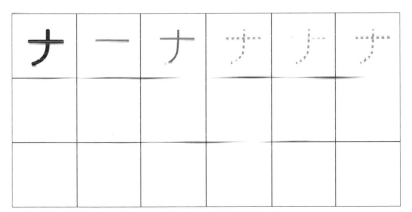

！要注意喔

太長囉

這樣很像
打叉符號

利用螺旋式學習法打鐵趁熱，
用學過的字造詞，加強記憶！

❶ ナイフ　刀子 (knife)
na i fu

❷ ナイス　好的 (nice)
na i su

❸ ナンセンス　荒謬的
na n se n su　(nonsense)

平假

あ行
か行
さ行
た行
な行
は行
ま行
や行
ら行
わ行
鼻音

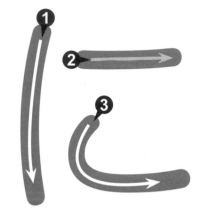

🔊 **Track 025**

讀音

[ni]

字源演變：

仁 ▶ 仁 ▶ に

美國普林斯頓大學及加州大學洛杉磯分校研究顯示，「手寫」有助於大腦記憶！

に	l	lー	に	に	に

⚠️ **要注意喔**

離太開

要彎一點

利用螺旋式學習法打鐵趁熱，
用學過的字造詞，加強記憶！

❶ におい 氣味
ni o i

❷ にく 肉
ni ku

❸ にんき 人氣
ni n ki

片假

讀音

[ni]

字源演變：

仁 ▶ ニ ▶ 二

ア行
カ行
サ行
タ行
ナ行
ハ行
マ行
ヤ行
ラ行
ワ行
鼻音

! 要注意喔

我是日文　我是國字

要上短下長
如數字的「二」

利用螺旋式學習法打鐵趁熱，
用學過的字造詞，加強記憶！

❶ モニタ 螢幕 (monitor)
　mo ni ta

❷ アニメ 動畫 (animation)
　a ni me

❸ ワニ 鱷魚
　wa ni

平假

あ行
か行
さ行
た行
な行
は行
ま行
や行
ら行
わ行
鼻音

🔊 **Track 026**

讀音

[nu]

字源演變：

奴 ▶ ぬ ▶ ぬ

美國普林斯頓大學及加州大學洛杉磯分校研究顯示，「手寫」有助於大腦記憶！

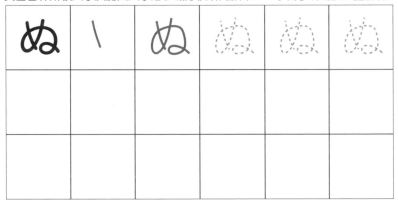

ぬ	丶	ぬ	ぬ	ぬ	ぬ

⚠ **要注意喔**

彎太大

太瘦囉！　結太小

利用螺旋式學習法打鐵趁熱，
用學過的字造詞，加強記憶！

❶ ぬう 縫
nu u

❷ いぬ 狗
i nu

❸ せんぬき 開瓶器
se n nu ki

片 假

讀音

[nu]

字源演變：

奴 ▶ ㄨ ▶ ヌ

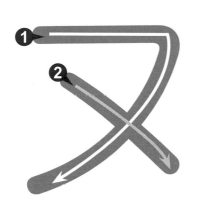

ヌ	フ	ヌ	ヌ	ヌ	ヌ

ア行
カ行
サ行
タ行
ナ行
ハ行
マ行
ヤ行
ラ行
ワ行
鼻音

！要注意喔

タヌ

不用連起來

要長一點哦！

利用螺旋式學習法打鐵趁熱，
用學過的字造詞，加強記憶！

❶ ヌートリア　海狸鼠
　 nu- to ri a　（西班牙文 nutria）

❷ タヌキ　狸貓
　 ta nu ki

❸ カヌー　獨木舟 (canoe)
　 ka nu-

平 假

あ行
か行
さ行
た行
な行
は行
ま行
や行
ら行
わ行
鼻音

🔊 Track 027
讀音

[ne]

字源演變：

祢 ▶ 祢 ▶ ね

美國普林斯頓大學及加州大學洛杉磯分校研究顯示，「手寫」有助於大腦記憶！

ね	l	ね	ね	ね	ね

⚠ **要注意喔**

不要突出來

右邊胖一點
會比較好看

利用螺旋式學習法打鐵趁熱，
用學過的字造詞，加強記憶！

❶ ねこ 貓咪
ne ko

❷ ねつ 熱／發燒
ne tsu

❸ おかね 錢
o ka ne

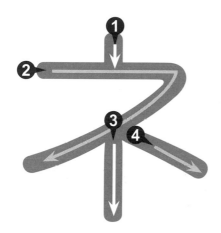

讀音

[ne]

字源演變:

祢 ▶ ネ ▶ ネ

片 假

ア行
カ行
サ行
タ行
ナ行
ハ行
マ行
ヤ行
ラ行
ワ行
鼻音

ネ	`	ラ	ネ	ネ	ネ

！要注意喔

太長囉

太長囉

利用螺旋式學習法打鐵趁熱,
用學過的字造詞,加強記憶!

❶ ネクタイ 領帶 (necktie)
ne ku ta i

❷ トンネル 隧道 (tunnel)
to n ne ru

❸ コネ 關係 (connection)
co ne

平假

あ行
か行
さ行
た行
な行
は行
ま行
や行
ら行
わ行
鼻音

讀音

[no]

字源演變：
乃 ▶ 乃 ▶ の

美國普林斯頓大學及加州大學洛杉磯分校研究顯示，「手寫」有助於大腦記憶！

の	の	の	の	の	の

！要注意喔

再長一點

太長
不用彎這麼多哦

利用螺旋式學習法打鐵趁熱，
用學過的字造詞，加強記憶！

❶ の　的
　 no

❷ のこす　留下
　 no ko su

❸ きのう　昨天
　 ki no-

読音

[no]

字源演變：

乃 ▶ ノ ▶ ノ

片 假

ア行

カ行

サ行

タ行

ナ行

ハ行

マ行

ヤ行

ラ行

ワ行

鼻音

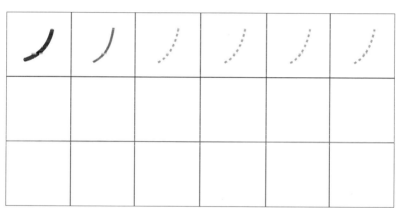

利用螺旋式學習法打鐵趁熱，
用學過的字造詞，加強記憶！

！要注意喔

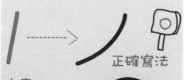

正確寫法

太直
要有弧度

❶ ノート　筆記本 (note)
　 no- to

❷ モノラル　單聲道 (monaural)
　 mo no ra ru

❸ ミラノ　米蘭 (Milano)
　 mi ra no

綜合習題 1 【平假名練習】

★填入正確的詞

❶ 肉（　　　　　）
ni ku

❺ 夏天（　　　　　）
na tsu

❷ 貓咪（　　　　　）
ne ko

❻ 狗（　　　　　）
i nu

❸ 留下（　　　　　）
no ko su

❼ 裡面（　　　　　）
na ka

❹ 氣味（　　　　　）
ni o i

❽ 錢（　　　　　）
o ka ne

解答：

❶ にく　　　❷ ねこ　　　❸ のこす　　　❹ におい

❺ なつ　　　❻ いぬ　　　❼ なか　　　❽ おかね

綜合習題2【片假名練習】

★填入正確的詞

❶ [　] ー [　]
no-　　to

❷ [　][　] タイ
ne　ku　ta i

❸ モ [　][　]
mo　ni　ta

❹ [　] イス
na　i su

❺ モ [　] ラル
mo　no　ra ru

❻ コ [　]
co　no

❼ ミ ラ [　]
mi ra　no

❽ タ [　] キ
ta　nu　ki

解答：

❶ ノ、ト　　❷ ネ、ク　　❸ ニ、タ　　❹ ナ
❺ ノ　　　 ❻ ネ　　　 ❼ ノ　　　 ❽ ヌ

平 假

あ行
か行
さ行
た行
な行
は行
ま行
や行
ら行
わ行
鼻音

🔊 **Track 029**

讀音
[ha]

字源演變：
波 ▶ は ▶ は

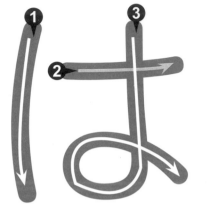

美國普林斯頓大學及加州大學洛杉磯分校研究顯示，「手寫」有助於大腦記憶！

は	l	l‐	は	は	は

！要注意喔

要有一點弧度　不要太長

利用螺旋式學習法打鐵趁熱，
用學過的字造詞，加強記憶！

❶ はな 花
　ha na

❷ はい 是／對
　ha i

❸ はし 橋
　ha shi

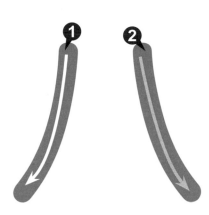

讀音
[ha]

字源演變：

片假

ア行
カ行
サ行
夕行
ナ行

八行

マ行
ヤ行
ラ行
ワ行
鼻音

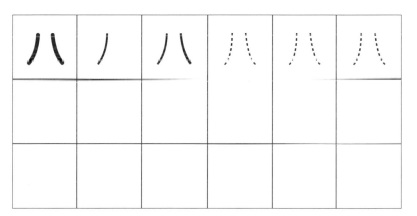

！ 要注意喔

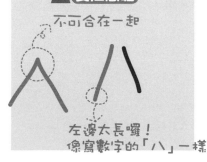

不可合在一起

左邊太長囉！
像寫數字的「八」一樣

利用螺旋式學習法打鐵趁熱，
用學過的字造詞，加強記憶！

❶ ハンカチ 手帕 (handkerchief)
　ha n ka chi

❷ ハンサム 英俊的 (handsome)
　ha n sa mu

❸ ハンマ 槌子 (hammer)
　ha n ma

平假

あ行
か行
さ行
た行
な行
は行
ま行
や行
ら行
わ行
鼻音

◀ Track 030

讀音

[hi]

字源演變：

比 ▶ 比 ▶ ひ

美國普林斯頓大學及加州大學洛杉磯分校研究顯示，「手寫」有助於大腦記憶！

ひ	ひ	ひ	ひ	ひ	ひ

！要注意喔

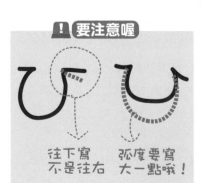

往下寫
不是往右

弧度要寫
大一點哦！

利用螺旋式學習法打鐵趁熱，
用學過的字造詞，加強記憶！

❶ ひ　日子
　 hi

❷ ひくい　矮的／低的
　 hi ku i

❸ ひと　人
　 hi to

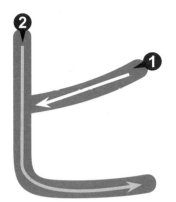

讀音
[hi]

字源演變：
比 ▶ ヒ ▶ ヒ

ヒ	ー	ヒ	ヒ	ヒ	ヒ

片 假

ア行
カ行
サ行
夕行
ナ行
八行
マ行
ヤ行
ラ行
ワ行
鼻音

！要注意喔

要斜斜的

角度不能太大

利用螺旋式學習法打鐵趁熱，
用學過的字造詞，加強記憶！

❶ ヒント 提示 (hint)
hi n to

❷ コーヒー 咖啡 (coffee)
ko- hi-

❸ ヒーター 暖氣 (heater)
hi- ta-

平假

あ行
か行
さ行
た行
な行
は行
ま行
や行
ら行
わ行
鼻音

◀ Track 031

讀音

[fu]

字源演變：

不 ▶ ふ ▶ ふ

美國普林斯頓大學及加州大學洛杉磯分校研究顯示，「手寫」有助於大腦記憶！

ふ	ゝ	ろ	ふ	ふ

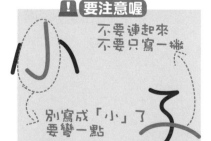

! 要注意喔

不要連起來
不要只寫一撇

別寫成「小」了
要彎一點

利用螺旋式學習法打鐵趁熱，
用學過的字造詞，加強記憶！

❶ ふうとう　信封
　 fu- to-

❷ ふかい　深的
　 fu ka i

❸ ふつう　普通
　 fu tsu-

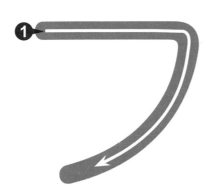

讀音
[fu]

字源演變：
不 ▶ ㇁ ▶ フ

片 假

ア行

カ行

サ行

タ行

ナ行

八行

マ行

ヤ行

ラ行

ワ行

鼻音

フ	フ	フ	フ	フ	フ

！要注意喔

太彎囉！

變拐杖囉！

利用螺旋式學習法打鐵趁熱，
用學過的字造詞，加強記憶！

❶ フルート　長笛 (flute)
　　fu ru- to

❷ フロント　櫃台／詢問出 (front)
　　fu ro n to

❸ マフラー　圍巾 (muffler)
　　ma fu ra-

平假

あ行
か行
さ行
た行
な行
は行
ま行
や行
ら行
わ行
鼻音

◀⋲ **Track 032**

讀音
[he]

字源演變：
部 ▶  ▶ へ

美國普林斯頓大學及加州大學洛杉磯分校研究顯示，「手寫」有助於大腦記憶！

へ	へ	⌒	⌒	⌒	⌒

！要注意喔

角度太明顯

不能水平太像「て」（te）

利用螺旋式學習法打鐵趁熱，用學過的字造詞，加強記憶！

❶ **へた**　不擅長
　　he ta

❷ **へいき**　不在意
　　he- ki

❸ **へんか**　變化
　　hen ka

讀音
[he]

字源演變：
部 ▶ β ▶ へ

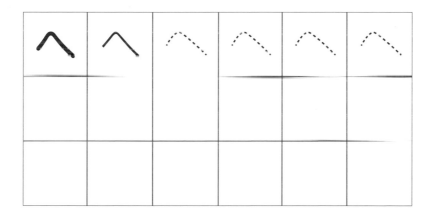

！ 要注意喔

片假名的「he」
角度明顯一點

太長
寫斜斜的才對

利用螺旋式學習法打鐵趁熱，
用學過的字造詞，加強記憶！

1 ヘア　頭髮 (hair)
　　he a

2 ヘチマ　絲瓜
　　he chi ma

3 ヘイ　嘿 (hey)
　　he i

平　假

あ行
か行
さ行
た行
な行
は行
ま行
や行
ら行
わ行
鼻音

◀€ **Track 033**

讀音

[ho]

字源演變：

保 ▶ 係 ▶ ほ

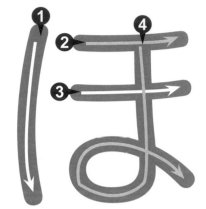

美國普林斯頓大學及加州大學洛杉磯分校研究顯示，「手寫」有助於大腦記憶！

ほ			̄	̄̄	ほ	ほ

！ 要注意喔

不能凸出去

ほ ほ

彎太多了啦

利用螺旋式學習法打鐵趁熱，
用學過的字造詞，加強記憶！

❶ ほうこく　報告
　　ho- ko ku

❷ ほうほう　方法
　　ho- ho-

❸ ほし　星星
　　ho shi

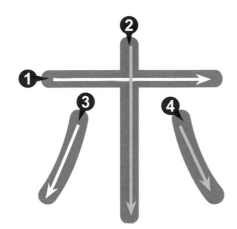

讀音

[ho]

字源演變：

保 ▶ 木 ▶ ホ

片 假

ア行
カ行
サ行
タ行
ナ行
八行
マ行
ヤ行
ラ行
ワ行
鼻音

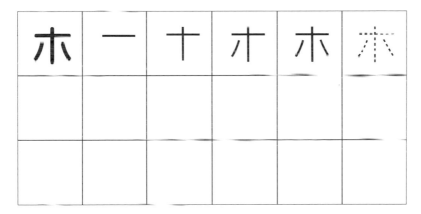

ホ	一	十	オ	木	朮

！要注意喔

不能連起來
會寫成國字的
「木（ㄇㄨˋ）」

利用螺旋式學習法打鐵趁熱，
用學過的字造詞，加強記憶！

❶ **ホームラン** 全壘打
　ho- mu ra n　(homerun)

❷ **ホール** 大廳 (hall)
　ho- ru

❸ **ホテル** 飯店／旅館 (hotel)
　ho te ru

綜合習題 1 【平假名練習】

★填入正確的詞

❶ 星星（　　　　　　　）
ho shi

❷ 人（　　　　　　）
hi to

❸ 深的（　　　　　　　）
fu ka i

❹ 矮的（　　　　　　　）
hi ku i

❺ 不擅長（　　　　　　　）
he ta

❻ 花（　　　　　　）
ha na

❼ 橋（　　　　　　）
ha shi

❽ 變化（　　　　）ん（　　　　　）
he　　n　　ka

解答：

❶ ほし　　❷ ひと　　❸ ふかい　　❹ ひくい

❺ へた　　❻ はな　　❼ はし　　❽ へ、か

綜合習題2【片假名練習】

★填入正確的詞

❶ □ ー ム ラ ン
ho- 　mu ra n

❷ □ ロ ン □
tu 　ro n 　to

❸ □ ン ト
hi 　n to

❹ □ ン サ ム
ha 　n sa mu

❺ □ ア
he 　a

❻ □ テ ル
ho 　te ru

❼ □ チ マ
he 　chi ma

❽ □ ン カ チ
ha 　n ka chi

解答：

❶ ホ 　　　❷ フ、ト 　　❸ ヒ 　　　❹ ハ
❺ ヘ 　　　❻ ホ 　　　❼ ヘ 　　　❽ ハ

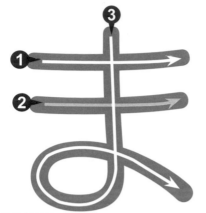

◀€ Track 034

讀音

[ma]

字源演變：

末 ▶ ま ▶ ま

美國普林斯頓大學及加州大學洛杉磯分校研究顯示，「手寫」有助於大腦記憶！

ま	一	二	ま	ま	ま

！要注意喔

要凸出去哦！

ま ま ×

彎太大

利用螺旋式學習法打鐵趁熱，
用學過的字造詞，加強記憶！

❶ まえ 以前
　ma e

❷ まいにち 每天
　mai ni chi

❸ まち 城市
　ma chi

讀音

[ma]

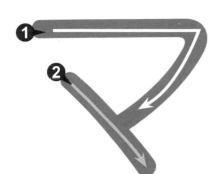

字源演變：

末 ▶ ニ ▶ マ

片 假

ア行
カ行
サ行
夕行
ナ行
ハ行
マ行
ヤ行
ラ行
ワ行
鼻音

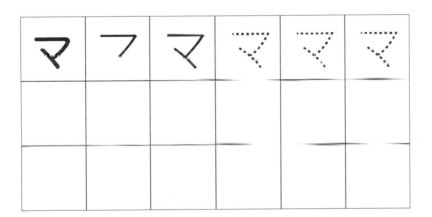

利用螺旋式學習法打鐵趁熱，
用學過的字造詞，加強記憶！

❗ 要注意喔

點太大了
寫稍小一點

❶ マーク 標記 (mark)
ma- ku

❷ マスク 口罩 (mask)
ma su ku

❸ マナー 禮貌 (manner)
ma na-

平 假

あ行
か行
さ行
た行
な行
は行
ま行
や行
ら行
わ行
鼻音

◀€ Track 035
讀音

[mi]

字源演變：
美 ▶ 美 ▶ み

美國普林斯頓大學及加州大學洛杉磯分校研究顯示，「手寫」有助於大腦記憶！

み	み	み	み	み	み

！ 要注意喔

不要有
「波浪造型」

利用螺旋式學習法打鐵趁熱，
用學過的字造詞，加強記憶！

❶ みみ　耳朵
　mi mi

❷ みせ　商店
　mi se

❸ みち　街道
　mi chi

讀音

[mi]

字源演變：

三 ▶ 三 ▶ ミ

片 假

ア行
カ行
サ行
タ行
ナ行
ハ行
マ行
ヤ行
ラ行
ワ行
鼻音

！要注意喔

這劃離太遠囉！

三劃要平行

利用螺旋式學習法打鐵趁熱，
用學過的字造詞，加強記憶！

❶ ミキサー　果汁機 (mixer)
mi ki sa-

❷ ミニスカート　短裙 (mini skirt)
mi ni su ka-　to

❸ ミルク　牛奶 (milk)
mi ru ku

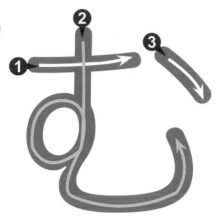

🔊 **Track 036**

讀音

[mu]

字源演變：

武 ▶ む ▶ む

美國普林斯頓大學及加州大學洛杉磯分校研究顯示，「手寫」有助於大腦記憶！

む	―	む	む	む	む

⚠ **要注意喔**

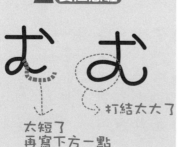

太短了
再寫下方一點

打結太大了

利用螺旋式學習法打鐵趁熱，
用學過的字造詞，加強記憶！

❶ む かし 從前
mu ka shi

❷ む し 蟲
mu shi

❸ む こう 另一邊
mu ko-

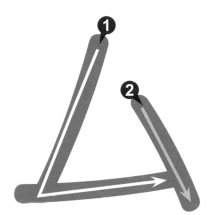

讀音

[mu]

字源演變：

牟 ▶ ㅿ ▶ ム

片假

ア行

カ行

サ行

タ行

ナ行

ハ行

マ行

ヤ行

ラ行

ワ行

鼻音

ム	∠	ㅿ	ㅿ	ㅿ	ㅿ

！ 要注意喔

太長

太長

利用螺旋式學習法打鐵趁熱，
用學過的字造詞，加強記憶！

❶ アイスクリーム　冰淇淋
　 a i su ku ri- mu (ice cream)

❷ チーム　隊伍 (team)
　 chi- mu

❸ オムライス　蛋包飯
　 o mu ra i su

平假

あ行
か行
さ行
た行
な行
は行
ま行
や行
ら行
わ行
鼻音

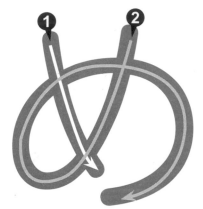

🔊 **Track 037**

讀音

[me]

字源演變：

女 ▶ め ▶ め

美國普林斯頓大學及加州大學洛杉磯分校研究顯示，「手寫」有助於大腦記憶！

め	＼	め	め	め	め

！要注意喔

太瘦

太長　不要超過虛線

利用螺旋式學習法打鐵趁熱，
用學過的字造詞，加強記憶！

❶ め 眼睛
me

❷ めうえ 長輩
me u e

❸ せつめい 說明
se tsu me-

片假

ア行
カ行
サ行
タ行
ナ行
ハ行
マ行
ヤ行
ラ行
ワ行
鼻音

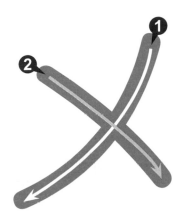

讀音
[me]

字源演變：
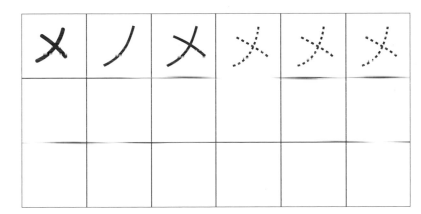

女 ▶ メ ▶ メ

メ	ノ	ノメ	メ	メ	メ

利用螺旋式學習法打鐵趁熱，
用學過的字造詞，加強記憶！

！要注意喔

不是寫成
「又」符號   太長囉！

❶ メーカー 製造者 (maker)
　 me- ka-

❷ メール 電子郵件 (mail)
　 me- ru

❸ メモ 備忘錄 (memo)
　 me mo

平假

あ行
か行
さ行
た行
な行
は行
ま行
や行
ら行
わ行
鼻音

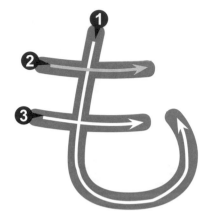

◀ Track 038

讀音

[mo]

字源演變：

毛 ▶ 毛 ▶ も

美國普林斯頓大學及加州大學洛杉磯分校研究顯示，「手寫」有助於大腦記憶！

も	し	も	も	も	も

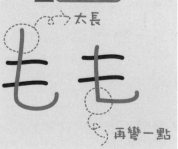

！要注意喔

太長

再彎一點

利用螺旋式學習法打鐵趁熱，
用學過的字造詞，加強記憶！

❶ もくてき　目的
mo ku te ki

❷ もし　如果
mo shi

❸ もの　東西／物品
mo no

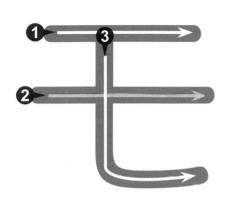

片 假

ア行
カ行
サ行
タ行
ナ行
ハ行
マ行
ヤ行
ラ行
ワ行
鼻音

讀音

[mo]

字源演變：

毛 ▸ モ ▸ モ

モ	一	二	モ	モ	モ

利用螺旋式學習法打鐵趁熱，
用學過的字造詞，加強記憶！

！要注意喔

不能凸出來

❶ リモコン　遙控器
　 ri mo ko n　(remote controller)

❷ メモ　備忘錄 (memo)
　 me mo

❸ メモリ　記憶 (memory)
　 me mo ri

綜合習題 **1** 【平假名練習】

★填入正確的詞

❶ 長輩（　　　　　　　）
　　　　　　me u e

❷ 從前（　　　　　　　）
　　　　　　mu ka shi

❸ 每天（　　　　　　　）
　　　　　　ma i ni chi

❹ 眼睛（　　　　　　　）
　　　　　　me

❺ 物品（　　　　　　　）
　　　　　　mo no

❻ 耳朵（　　　　　　　）
　　　　　　mi mi

❼ 以前（　　　　　　　）
　　　　　　ma e

❽ 目的（　　　　　　　）
　　　　　　mo ku te ki

解答：

❶ めうえ　　❷ むかし　　❸ まいにち　　❹ め
❺ もの　　❻ みみ　　❼ まえ　　❽ もくてき

綜合習題2【片假名練習】

★填入正確的詞

❶ □□
me　mo

❷ □イス□リー□
a　i su　ku　ri-　mu

❸ □ニス□ート
mi　ni su　ka-　to

❹ □スク
ma　su ku

❺ □ルク
mi　ru ku

❻ チー□
chi-　mu

❼ リ□コン
ri　mo　ko n

❽ □ナー
ma　na-

解答：

❶ メ、モ　　❷ ア、ク、ム　❸ ミ、カ　　❹ マ

❺ ミ　　　　❻ ム　　　　❼ モ　　　　❽ マ

平假

あ行
か行
さ行
た行
な行
は行
ま行
や行
ら行
わ行
鼻音

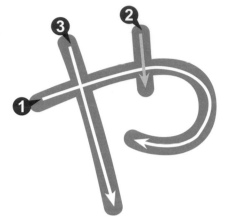

◀ **Track 039**

讀音

[ya]

字源演變：

也 ▶ や ▶ や

美國普林斯頓大學及加州大學洛杉磯分校研究顯示，「手寫」有助於大腦記憶！

や	つ	ち	や	や	や

! **要注意喔**

利用螺旋式學習法打鐵趁熱，
用學過的字造詞，加強記憶！

❶ **やきにく** 烤肉
　ya ki ni ku

❷ **やくそく** 約定
　ya ku so ku

❸ **やさしい** 溫柔
　ya sa shi-

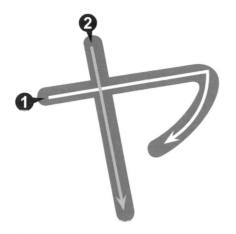

讀音

[ya]

字源演變：
也 ▶ 力 ▶ ヤ

片　假

ア行

カ行

サ行

タ行

ナ行

ハ行

マ行

ヤ行

ラ行

ワ行

鼻音

ヤ	ˊ	ˊヤ	˙ヤ	˙ヤ	˙ヤ

！要注意喔

やや

不能太彎

長一點

利用螺旋式學習法打鐵趁熱，
用學過的字造詞，加強記憶！

❶ タイヤ　輪胎 (tire)
　 ta i ya

❷ ワイヤ　金屬線 (wire)
　 wa i ya

❸ ヤク　犛牛 (yak)
　 ya ku

平 假

あ行
か行
さ行
た行
な行
は行
ま行
や行
ら行
わ行
鼻音

◀€ **Track 040**
讀音

[yu]

字源演變：

由 ▶ 曲 ▶ ゆ

美國普林斯頓大學及加州大學洛杉磯分校研究顯示，「手寫」有助於大腦記憶！

ゆ	ι	ゆ	ゆ	ゆ	ゆ

！要注意喔

很像國字的「中」

不用連起來

利用螺旋式學習法打鐵趁熱，
用學過的字造詞，加強記憶！

❶ ゆき 雪
yu ki

❷ ゆうめい 有名的
yu- me-

❸ ゆめ 夢
yu me

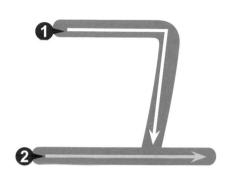

讀音

[yu]

字源演變：

由 ▶ ユ ▶ ユ

ア行
カ行
サ行
タ行
ナ行
ハ行
マ行
ヤ行
ラ行
ワ行
鼻音

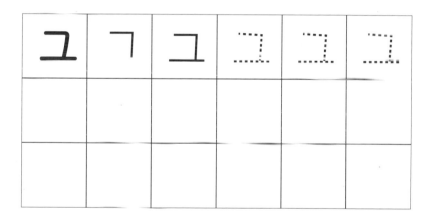

ユ	フ	ユ	ユ	ユ	ユ

！要注意喔

要凸出來

利用螺旋式學習法打鐵趁熱，
用學過的字造詞，加強記憶！

① ユーモア　幽默 (humor)
yu- mo a

② ユーターン　迴轉 (U turn)
yu- ta- n

③ ユニオン　聯合 (union)
yu ni o n

平假

あ行
か行
さ行
た行
な行
は行
ま行
や行
ら行
わ行
鼻音

② ①

🔊 Track 041
讀音

[yo]

字源演變：

与 ▶ ら ▶ よ

美國普林斯頓大學及加州大學洛杉磯分校研究顯示，「手寫」有助於大腦記憶！

よ	-	よ	よ	よ	よ

！要注意喔

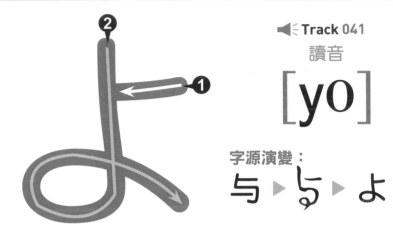

利用螺旋式學習法打鐵趁熱，
用學過的字造詞，加強記憶！

❶ ようこそ　歡迎
　 yo-　ko so

❷ よく　經常
　 yo ku

❸ よやく　預約
　 yo ya ku

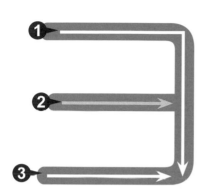

讀音

[yo]

字源演變：

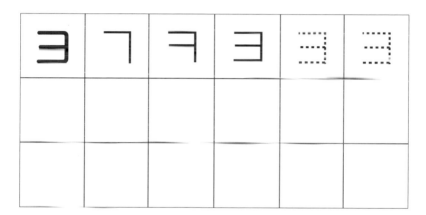

與 ▶ ∃ ▶ ∃

片 假

ア行
カ行
サ行
タ行
ナ行
ハ行
マ行
ヤ行
ラ行
ワ行
鼻音

∃	∃	∃	∃	∃	∃

！要注意喔

∃

不能凸出來

利用螺旋式學習法打鐵趁熱，
用學過的字造詞，加強記憶！

❶ クレヨン 蠟筆 (crayon)
　ku re yo n

❷ ヨガ 瑜珈 (yoga)
　yo ga ＊「ガ」為「カ」的濁音，讀做 ga！

❸ ヨーヨー 溜溜球 (yo-yo)
　yo- yo-

綜合習題 1 【平假名練習】

★填入正確的詞

❶ 預約（　　　　　　）
yo ya ku

❺ 夢（　　　　　　）
yu me

❷ 約定（　　　　　　）
ya ku so ku

❻ 雪（　　　　　　）
yu ki

❸ 經常（　　　　　　）
yo ku

❼ 歡迎（　　　　　　）
yo u ko so

❹ 溫柔（　　　　　）しい
ya sa　　shi-

❽ 經常（　　　　　　）
yo ku

解答：

❶ よやく　　❷ やくそく　　❸ よく　　❹ やさ

❺ ゆめ　　❻ ゆき　　❼ ようこそ　　❽ よく

綜合習題2【片假名練習】

❶  ガ
　　yo　ga

❷ ニオン
　　yu　ni o n

❸ ク
　　ya　ku

❹ クレ ン
　　ku re　yo　n

❺ ーモア
　　yu-　mo a

❻ ー ー
　　yo-　yo-

❼ タイ
　　ta i　ya

❽ ーターン
　　yu-　ta- n

解答：

❶ ヨ　　　❷ ユ　　　❸ ヤ　　　❹ ヨ

❺ ユ　　　❻ ヨ、ヨ　　❼ ヤ　　　❽ ユ

小測驗

現在 50 音已經學了 80% 囉！
來檢視看看自己的實力吧！

· ·

🔊 Track 042

聽錄音，填入正確的詞

❶ 悲傷的 □ なしい

❷ 他／男朋友 か□

❸ 大學 だいが□

❹ 可愛的 か□□い

❺ 非常喜歡 だい□□

❻ 女孩 おん□の□

❼ 早安 □は□う

❽ 團體 グ□ープ

❾ 遊戲 ゲー□

❿ 餅乾 □ッ□ー

⓫ 百分比 パー□ン□

⓬ 郊遊 ハ□□ング

⓭ 電腦 □ンピュー□ー

⓮ 安全帶 □ートベ□ト

⓯ 印刷品 プ□ン□

解答：

❶ か	❷ れ	❸ く	❹ わ、い
❺ す、き	❻ な、こ	❼ お、よ	❽ ル
❾ ム	❿ ク、キ	⓫ セ、ト	⓬ イ、キ
⓭ コ、タ	⓮ シ、ル	⓯ リ、ト	

平假

あ行
か行
さ行
た行
な行
は行
ま行
や行
ら行
わ行
鼻音

🔊 **Track 043**
讀音

[ra]

字源演變：

良 ▶ さ ▶ ら

美國普林斯頓大學及加州大學洛杉磯分校研究顯示，「手寫」有助於大腦記憶！

ら	＼	ら	ら	ら	ら

⚠ **要注意喔**

不能寫
水平線

不能有角

利用螺旋式學習法打鐵趁熱，
用學過的字造詞，加強記憶！

❶ **らいねん**　明年
　ra i ne n

❷ **らく**　輕鬆
　ra ku

❸ **きらきら**　閃亮
　ki ra ki ra

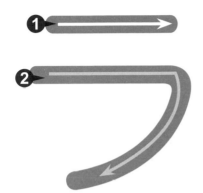

讀音
[ra]

字源演變：
良 ▶ ラ ▶ ラ

片 假

ア行
カ行
サ行
タ行
ナ行
ハ行
マ行
ヤ行
ラ行
ワ行
鼻音

ラ	一	ラ	ラ	ラ	ラ

！要注意喔

短一點

利用螺旋式學習法打鐵趁熱，
用學過的字造詞，加強記憶！

❶ ライオン 獅子 (lion)
　 ra i o n

❷ ランチ 午餐 (lunch)
　 ra n chi

❸ ライス 白飯 (rice)
　 ra i su

平假

あ行
か行
さ行
た行
な行
は行
ま行
や行
ら行
わ行
鼻音

◀€ Track 044

讀音

[ri]

字源演變：

利 ▶ 利 ▶ り

美國普林斯頓大學及加州大學洛杉磯分校研究顯示，「手寫」有助於大腦記憶！

り		り	り	り	り

！要注意喔

平假名要彎一點

利用螺旋式學習法打鐵趁熱，用學過的字造詞，加強記憶！

❶ りゆう　理由
　ri yu-

❷ りよう　利用
　ri yo-

❸ りかい　理解
　ri ka i

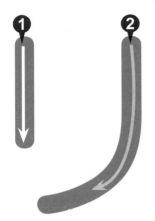

讀音

[ri]

字源演變：

利 ▶ リ ▶ リ

リ	リ	リ	リ	リ	リ

片 假

ア行
カ行
サ行
タ行
ナ行
ハ行
マ行
ヤ行
ラ行
ワ行
鼻音

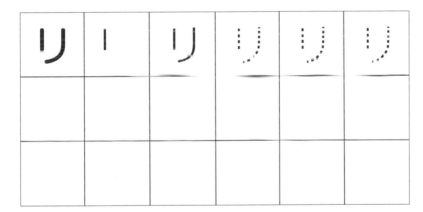

！要注意喔

片假名要直一點

長一點

利用螺旋式學習法打鐵趁熱，用學過的字造詞，加強記憶！

❶ アメリカ　美國 (America)
a me ri ka

❷ ミリ　公厘 (法文 milli)
mi ri

❸ サラリーマン　上班族
se ra ri- ma n

平 假

あ行
か行
さ行
た行
な行
は行
ま行
や行
ら行
わ行
鼻音

🔊 Track 045
讀音

[ru]

字源演變：

留 ▶ 𗾩 ▶ る

美國普林斯頓大學及加州大學洛杉磯分校研究顯示，「手寫」有助於大腦記憶！

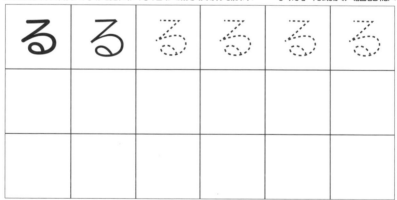

る	る	ろ	ろ	ろ	ろ

！ 要注意喔

太長囉！

利用螺旋式學習法打鐵趁熱，
用學過的字造詞，加強記憶！

❶ るす　不在家／看家
　ru su

❷ くるま　車
　ku ru ma

❸ あかるい　明亮的
　a ka ru i

112

ル

讀音
[ru]

字源演變：
流 ▶ ﾙ ▶ ル

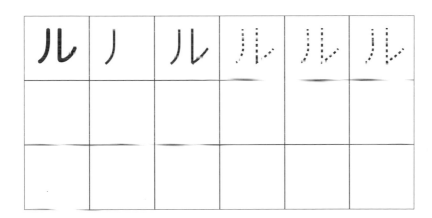

ル	ノ	ル	ル	ル	ル

！要注意喔

不能彎
會變成注音符
號的「ㄣ」

利用螺旋式學習法打鐵趁熱，
用學過的字造詞，加強記憶！

❶ スタイル 風格 (style)
su ta i ru

❷ シール 貼紙 (seal)
shi- ru

❸ スクール 學校 (school)
su ku- ru

平假

あ行
か行
さ行
た行
な行
は行
ま行
や行
ら行
わ行
鼻音

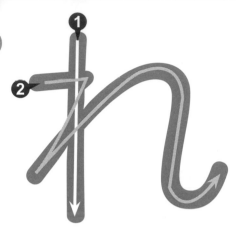

🔊 **Track 046**

讀音

[re]

字源演變：
礼 ▶ 𛀆 ▶ れ

美國普林斯頓大學及加州大學洛杉磯分校研究顯示，「手寫」有助於大腦記憶！

れ	丨	れ	れ	れ	れ

! 要注意喔

要彎一點

利用螺旋式學習法打鐵趁熱，
用學過的字造詞，加強記憶！

❶ **れきし** 歷史
re ki shi

❷ **れんあい** 戀愛
ren a i

❸ **れんらく** 聯絡
re n ra ku

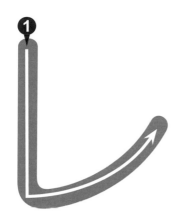

読音
[re]

字源演變：
礼 ▶ し ▶ レ

レ	レ	レ	レ	レ	レ

片 假

ア行
カ行
サ行
タ行
ナ行
ハ行
マ行
ヤ行
ラ行
ワ行
鼻音

！要注意喔

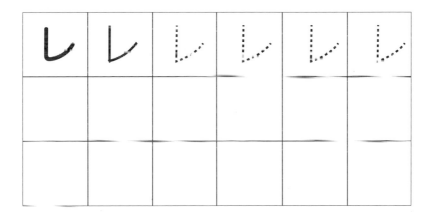

長一點

利用螺旋式學習法打鐵趁熱，
用學過的字造詞，加強記憶！

❶ レストラン　餐廳 (restaurant)
　 re su to ra n

❷ レース　競賽 (race)
　 re- su

❸ レンタカー　出租汽車
　 re n ta ca-　(Car rental)

平假

あ行
か行
さ行
た行
な行
は行
ま行
や行
ら行
わ行
鼻音

🔊 **Track 047**

讀音

[ro]

字源演變：

呂 ▶ 呂 ▶ ろ

美國普林斯頓大學及加州大學洛杉磯分校研究顯示，「手寫」有助於大腦記憶！

ろ	ろ	ろ	ろ	ろ	ろ

⚠ 要注意喔

再長一點
避免被誤會為
數字「3」

利用螺旋式學習法打鐵趁熱，
用學過的字造詞，加強記憶！

❶ ろうか　走廊
　ro- ka

❷ いろ　顏色
　i ro

❸ うしろ　後面
　u shi ro

讀音

[ro]

字源演變：

呂 ▶ 口 ▶ 口

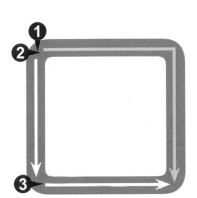

口	l	⊓	口	口	口

片假

ア行
カ行
サ行
夕行
ナ行
ハ行
マ行
ヤ行
ラ行
ワ行
鼻音

！要注意喔

這個字很簡單
寫成國字的「口」
就可以了

利用螺旋式學習法打鐵趁熱，
用學過的字造詞，加強記憶！

❶ ストロー 吸管 (straw)
su to ro-

❷ キロメートル 公里
ki ro me- to ru (kilometer)

❸ フロント 櫃台／詢問處 (front)
fu ro n to

綜合習題 1 【平假名練習】

★填入正確的詞

❶ 顏色（　　　　　）
　　　　　i ro

❺ 歷史（　　　　　）
　　　　　re ki shi

❷ 理解（　　　　　）
　　　　　ri ka i

❻ 閃亮（　　　　　）
　　　　　ki ra ki ra

❸ 車（　　　　　）
　　　　ku ru ma

❼ 輕鬆（　　　　　）
　　　　　ra ku

❹ 明亮的（　　　　　）
　　　　　　a ka ru i

❽ 聯絡（　　　）ん（　　　）
　　　　　re　　　n　　ra ku

解答：

❶ いろ　　　❷ りかい　　　❸ くるま　　　❹ あかるい

❺ れきし　　❻ きらきら　　❼ らく　　　❽ れ、らく

綜合習題2【片假名練習】

★填入正確的詞

❶ フ ☐ ント
fu ro n to

❺ ☐ タイ ☐
su ta i ru

❷ ☐ ストラン
re su to ra n

❻ ☐ ンタカー
re n ta ca-

❸ サ ☐ ☐ ーマン
se ra ri- ma n

❼ ☐ メ ☐ カ
a me ri ka

❹ ☐ ☐ ス
ra i su

❽ キ ☐ メー ☐ ル
ki ro me- to ru

解答：

❶ ロ   **❷** レ   **❸** ラ、リ   **❹** ラ、イ

❺ ス、ル   **❻** レ   **❼** ア、リ   **❽** ロ、ト

平 假

あ行
か行
さ行
た行
な行
は行
ま行
や行
ら行
わ行
鼻音

◀🔊 Track 048
讀音

[wa]

字源演變：
和 ▶ *わ* ▶ わ

美國普林斯頓大學及加州大學洛杉磯分校研究顯示，「手寫」有助於大腦記憶！

わ	I	わ	わ	わ	わ

⚠ 要注意喔

再大一點

左邊偏大
右邊偏小

利用螺旋式學習法打鐵趁熱，
用學過的字造詞，加強記憶！

❶ わかい 年輕的
wa ka i

❷ わたし 我
wa ta shi

❸ わすれもの 遺失物
wa su re mo no

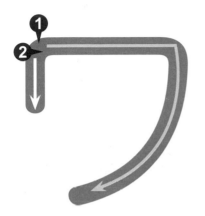

讀音

[wa]

字源演變：

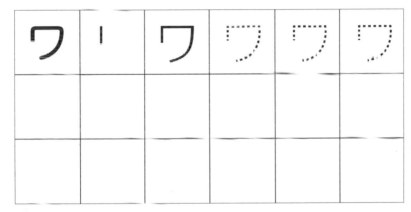

和 ▶ 口 ▶ ワ

片 假

ア行
カ行
サ行
タ行
ナ行
ハ行
マ行
ヤ行
ラ行
ワ行
鼻音

ワ	ワ	ワ	ワ	ワ	ワ

！要注意喔

要有角度

太短
要長一點

利用螺旋式學習法打鐵趁熱，
用學過的字造詞，加強記憶！

❶ ワイン 葡萄酒 (wine)
wa i n

❷ ワニ 鱷魚
wa ni

❸ ワイヤ 金屬線 (wire)
wa i ya

平假

あ行
か行
さ行
た行
な行
は行
ま行
や行
ら行
わ行
鼻音

🔊 **Track 049**

讀音

[WO]

字源演變：

遠 ▶ を ▶ を

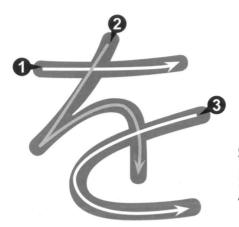

美國普林斯頓大學及加州大學洛杉磯分校研究顯示，「手寫」有助於大腦記憶！

を	一	方	を	を	を

!**要注意喔**

要寫く
不是し

× ○

利用螺旋式學習法打鐵趁熱，
用學過的字造詞，加強記憶！

❶ 部屋を出ます。
　 he ya wo de ma su

　從房間出來

❷ 日本を旅行します。
　 ni hon wo ryo ko- shi ma su
　 在日本旅行

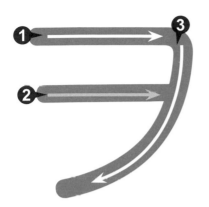

讀音

[WO]

字源演變：

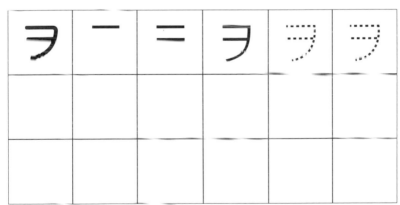

片 假

ア行

カ行

サ行

タ行

ナ行

ハ行

マ行

ヤ行

ラ行

ワ行

鼻音

利用螺旋式學習法打鐵趁熱，
用學過的字造詞，加強記憶！

＊該字為古文中的助詞，沒有對應
　的單字喔！

！要注意喔

再稍長一點
更美

要有角

平假

あ行
か行
さ行
た行
な行
は行
ま行
や行
ら行
わ行
鼻音

◀ **Track 050**

讀音

[n]

字源演變：

无 ▶ え ▶ ん

美國普林斯頓大學及加州大學洛杉磯分校研究顯示，「手寫」有助於大腦記憶！

ん	ん	ん	ん	ん	ん

！要注意喔

長一點 很像英文字 母「H」的草 寫「ん」

利用螺旋式學習法打鐵趁熱，
用學過的字造詞，加強記憶！

❶ みかん　橘子
mi ka n

❷ しんさく　新作品
shi n sa ku

❸ たいへん　嚴重的
ta i he n

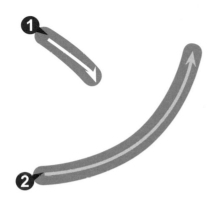

讀音

[n]

字源演變：

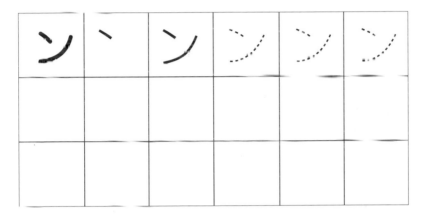

尔 ▶ 厶 ▶ ン

ン	ヽ	ン	ン	ン	ン

片假

ア行
カ行
サ行
タ行
ナ行
ハ行
マ行
ヤ行
ラ行
ワ行

鼻音

！要注意喔

ン
再長一點

ソ
這是片假名「ソ」
這一撇撇錯了喔！

利用螺旋式學習法打鐵趁熱，
用學過的字造詞，加強記憶！

❶ フランス 法國 (France)
fu ra n su

❷ コンサート 演唱會 (concert)
ko n sa- to

❸ センテンス 句子 (sentence)
se n te n su

125

綜合習題 1 【平假名練習】

★填入正確的詞

❶ 橘子（　　　　　　　）
　　　　　　mi kan

❷ 我（　　　　　　）
　　　　wa ta shi

❸ 新作品（　　　　　　　）
　　　　　shin sa ku

❹ 遺失物（　　　　　　　　　）
　　　　　wa su re mo no

❺ 日本（　　　　　）旅行します。
　ni hon　　wo　　ryo ko- shi ma su

解答：

❶ みかん　　　　　❷ わたし　　❸ しんさく
❹ わすれもの　　　❺ を

綜合習題2【片假名練習】

★填入正確的詞

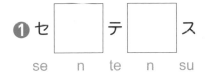

❶ セ　□　テ　□　ス
　　se　　n　　te　　n　　su

❺ □
　　wo

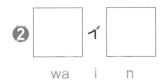

❷ □　イ　□
　　wa　　i　　n

❸ □　ラ　□　ス
　　fu　　ra　　n　　su

❹ □　イヤ
　　wa　　i ya

解答：
❶ ン、ン　　❷ ワ、ン　　❸ フ、ン
❹ ワ　　❺ ヲ

休息一下！

50音發音規則
認識 重音、長音

重音

要說得一口流利日語，必須掌握日語單字的重音喔！一般會以線條 ─ 和數字（如：1）來標示重音的發音規則，現在讓我們跟著老師唸唸看，一起來學習有哪些重音規則吧！

◀€ **Track 051**

平板型

平平的讀過，每個音節的發音相同。用
0表示平板型！

❶ りんご 0 蘋果
　 ri　n　go

❷ さくら 0 櫻花
　 sa ku ra

128

第一個字為重音,要發比較高的音,第二個字開始音調較低。①代表重音在第一個字。

❶ か‾き ① 牡蠣
ka ki

❷ わ‾さび ① 芥末
wa sa bi

重音在中間的字,要發比較高的音,其餘音節的音調較低。數字代表第幾個字是重音喔!

❶ れい‾ぞうこ ③ 冰箱
re i zo- ko

❷ お‾かし ② 零食、點心
o ka shi

最後一個字為重音,要發比較高的音;前面的音節音調較低。數字代表第幾個字是重音喔!

❶ あた‾ま ③ 頭
a ta ma

❷ ゆ‾き ② 下雪
yu ki

長音

兩個母音同時出現時，將前一音節的音拉長發音。片假名的長音，通常會用「ー」表示，像是：コーヒー（咖啡）。羅馬拼音以「-」表示，寫成「ko-hi-」像是：おかあさん（媽媽）會寫成「o ka- san」。

🔊 **Track 052**

あ段音+あ

- **おかあさん** 媽媽
  o ka- sa n

- **おばあさん** 奶奶
  o ba- sa n

い段音+い

- **おにいさん** 哥哥
  o ni- sa n

- **おじいさん** 爺爺
  o ji- sa n

う段音+う

- くうき 空氣
  ku- ki

- おうえん 應援
  o- en

え段音+え、い

- おねえさん 姐姐
  o ne- sa n

- えいご 英文
  e- go

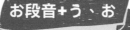

お段音+う、お

- ぞう 大象
  zo-

- おおきい 大的
  o- ki-

派對第二幕：
手寫濁音、半濁音、拗音、促音

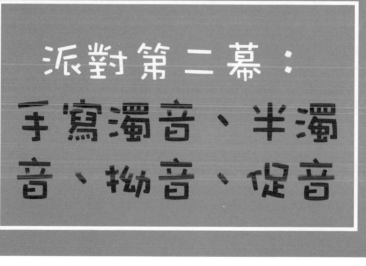

濁音

右上角有「ゝ」的
就叫做濁音哦！

莉香老師的話

か行、さ行、た行、は行有濁音哦！

例

か → が

が 比原本的點
小一點

が 不能點在下面
要點在右上角哦！

が 方向不對哦！

手寫濁音

★ 根據美國普林斯頓大學及加州大學洛杉磯分校的研究顯示，手寫有助於大腦的記憶，聽課、學習時搭配手寫，大腦就能有效的消化、吸收內容，同時會使人集中精神、提升學習效果。趕快跟著錄音一起手寫吧！

◀️ **Track 053**

が ガ ga	が			
	ガ			

ぎ ギ gi	ぎ			
	ギ			

ぐ グ gu	ぐ			
	グ			

げ ゲ ge	げ			
	ゲ			

ご ゴ go	ご			
	ゴ			

ざ ザ
za

じ ジ
ji

ず ズ
zu

ぜ ゼ
ze

ぞ ゾ
zo

だ ダ
da

ぢ ヂ
ji

づ ヅ
zu

で デ
de

ど ド
do

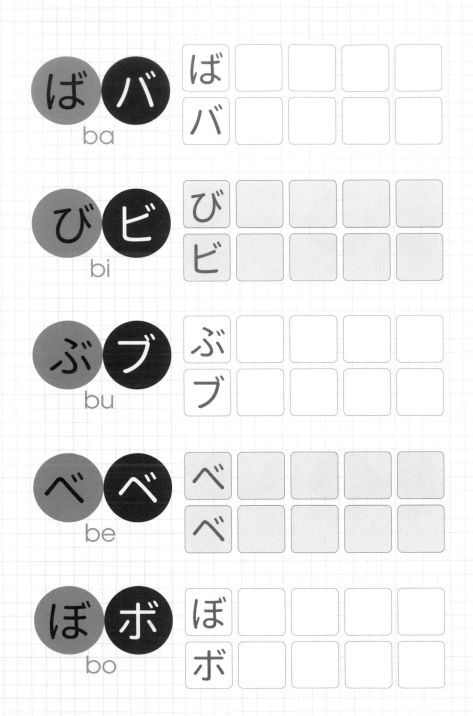

ば バ
び ビ
ぶ ブ
べ ベ
ぼ ボ

ba
bi
bu
be
bo

一起認識濁音單字吧！

學完了濁音之後，讓我們來看看，這些假名可以組合成什麼樣的生活單字吧！

🔊 Track 055

❶ べんとう ben to- 便當

❷ ぎんこう gin ko- 銀行

❸ まんが man ga 漫畫

❹ たまご ta ma go 蛋

❺ かぜ ka ze 感冒

❻ びじん bi jin 美女

❼ ぼうし bo- shi 帽子

❽ げんき gen ki 健康

❾ ごはん go han 米飯

❿ じんこう jin ko- 人口

半濁音

右上角有「°」的
就叫半濁音哦！

莉香老師的話

「半濁音」只有「は行」才能變半濁音喔！寫的時候
把「°」加在假名右上角的地方！

は → ぱ

ぱ　は

不是「點」
是「圓圈圈」！

位置不對哦！

手寫半濁音

★根據美國普林斯頓大學及加州大學洛杉磯分校的研究顯示，手寫有助於大腦的記憶，聽課、學習時搭配手寫，大腦就能有效的消化、吸收內容，同時會使人集中精神、提升學習效果。趕快跟著錄音一起手寫吧！

ぱ パ
pa

ぴ ピ
pi

ぷ プ
pu

ぺ ペ
pe

ぽ ポ
po

一起認識**半濁音單字**吧！

學完了半濁音之後，讓我們來看看，這些假名可以組合成什麼樣的生活單字吧！

🔊 **Track 057**

❶ スーパー su- pa-　超市

❷ パン pan　麵包

❸ ピアノ pi a no　鋼琴

❹ ピーマン pi- man　青椒

❺ ケチャップ ke cha ppu　番茄醬

❻ スープ su- pu　湯

❼ グループ gu ru- pu　團體

❽ ぺこぺこ pe ko pe ko　鞠躬哈腰／肚子餓

❾ プロポーズ pu ro po- zu　求婚

❿ ポスター po su ta-　海報

拗音

寫拗音時要
非常注意字體大小
和位置喔！

莉香老師的話

「拗音」是由除了「い」之外的「い段音」假名，加上
小字的「や、ゆ、よ、ヤ、ユ、ヨ」而成！書寫時要把
「や、ゆ、よ、ヤ、ユ、ヨ」寫在右下角喔！

唸成「ki ya」是兩個假名

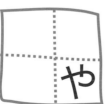

唸成「kya」是一個假名（拗音）

手寫拗音

★根據美國普林斯頓大學及加州大學洛杉磯分校的研究顯示，手寫有助於大腦的記憶，聽課、學習時搭配手寫，大腦就能有效的消化、吸收內容，同時會使人集中精神、提升學習效果。趕快跟著錄音一起手寫吧！

Track 058

きゃ キャ kya

きゃ					
キャ					

きゅ キュ kyu

きゅ					
キュ					

きょ キョ kyo

きょ					
キョ					

しゃ シャ sha

| しゃ | | | | | |
| シャ | | | | | |

しゅ シュ shu

| しゅ | | | | | |
| シュ | | | | | |

しょ ショ sho

| しょ | | | | | |
| ショ | | | | | |

ちゃ チャ cha

| ちゃ | | |
| チャ | | |

にゃ ニャ nya

| にゃ | | |
| ニャ | | |

ちゅ チュ chu

| ちゅ | | |
| チュ | | |

にゅ ニュ nyu

| にゅ | | |
| ニュ | | |

ちょ チョ cho

| ちょ | | |
| チョ | | |

にょ ニョ nyo

| にょ | | |
| ニョ | | |

ひゃ ヒヤ hya

| ひゃ | | |
| ヒャ | | |

みゃ ミャ mya

| みゃ | | |
| ミャ | | |

ひゅ ヒュ hyu

| ひゅ | | |
| ヒュ | | |

みゅ ミュ myu

| みゅ | | |
| ミュ | | |

ひょ ヒョ hyo

| ひょ | | |
| ヒョ | | |

みょ ミョ myo

| みょ | | |
| ミョ | | |

りゃ リャ rya

ぎゃ ギャ gya

| りゃ | | |
| リャ | | |

| ぎゃ | | |
| ギャ | | |

りゅ リュ ryu

ぎゅ ギュ gyu

| りゅ | | |
| リュ | | |

| ぎゅ | | |
| ギュ | | |

りょ リョ ryo

ぎょ ギョ gyo

| りょ | | |
| リョ | | |

| ぎょ | | |
| ギョ | | |

一起認識拗音單字吧！

學完了前面的拗音之後，讓我們來看看，這些假名可以組合成什麼樣的生活單字吧！

🔊 **Track 060**

❶ こうちゃ ko-cha 紅茶

❷ ゆうびんきょく yu-bin kyo ku 郵局

❸ ぎゅうにゅう gyu-nyu- 牛奶

❹ しゃしん sha shin 照片

❺ りょこう ryo ko- 旅行

❻ きょうしつ kyo-shi tsu 教室

❼ やきゅう ya kyu- 棒球

❽ ショッピング sho ppin gu 逛街購物

❾ でんしゃ den sha 電車

❿ びょういん byo-in 醫院

促音

大的「つ」變成小的「っ」，就叫做促音！

莉香老師的話

促音是不發音的喔！

"不是"促音

きって ----→ 唸成「ki tsu te」

きって ----→ 唸成「ki tte」

促音

跟「拗音」一樣寫在右下角

っ

★不發音
促音的表記方法為重覆下個假名的第一個字母

手寫促音

★ 根據美國普林斯頓大學及加州大學洛杉磯分校的研究顯示，手寫有助於大腦的記憶，聽課、學習時搭配手寫，大腦就能有效的消化、吸收內容，同時會使人集中精神、提升學習效果。趕快跟著錄音一起手寫吧！

◀ Track 061

• 郵票 ki tte

き	っ	て					

• 票 ki ppu

き	っ	ぷ					

• 肥皂 se kken

せ	っ	け	ん				

• 杯子 ko ppu

コ	ッ	プ					

休息一下！

ソ、ン、ツ、シ
長得好像，要怎麼分辨？

這些字雖然很相似，但只要記得平假名和片假名的字源，注意筆畫，就能很輕易的辨別並寫出正確的字囉！

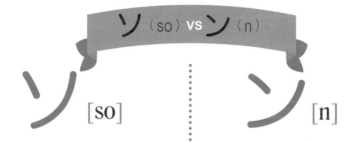

ソ（so）vs ン（n）

ソ [so]

★ 字源是來自曾，平假名寫作そ（也寫作そ，字體不同但同個字。）

★ 很像寫「曾」時的上面兩撇，也很像在寫「そ」。

曾 そ

★ 筆順是由左至右，由上至下，並且齊頭。

★ 注意筆順：

ン [n]

★ 與ソ[so]相比，第二劃的位置較低。

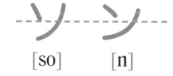

ソ　　ン

[so]　　　[n]

★ 筆順是由左至右，由下至上。

★ 注意筆順：

ツ（tsu）vs シ（shi）

ツ [tsu]

★ 平假名是「つ」，所以在寫「ツ」時，跟平假名很像，都是偏扁、較橫。

つ ツ

★ 筆順是由左至右，由上至下。

★ 注意筆順：

シ [shi]

★ 平假名是「し」，所以在寫「シ」時，跟平假名很像，比較偏長、較直。

し シ

★ 在寫「シ」時，是由上往下寫，特別第二筆劃是由下向上撇。

★ 注意筆順：

派對第三幕：
手寫日常會話

★現在我們已經學完了所有50音，也學會了發音規則，來認識會話吧！根據美國普林斯頓大學及加州大學洛杉磯分校的研究顯示，手寫有助於大腦的記憶，聽課、學習時搭配手寫，大腦就能有效的消化、吸收內容，同時會使人集中精神、提升學習效果。趕快跟著錄音一起手寫吧！

🔊 Track 062

❶ はじめまして 初次見面。

❷ どうぞよろしく 敬請多多指教。

❸ おはようございます 早安。

❹ こんにちは 你好！

❺ おげんきですか 你好嗎？

🔊 **Track 063**

❻ げんきです

我很好。

❼ こんばんは

晚安。

❽ おやすみなさい 晚安（睡覺前）。

❾ ありがとうございます 謝

❿ どういたしまして 不客氣。

⓫ おひさしぶりです　好久不見！

⓬ おつかれさまでした　辛苦了。

⓭ すみません　不好意思。

⓮ いただきます　我開動了。

⓯ ごちそうさま　謝謝招待，我吃飽了。

日文派對：50音得用手寫這樣學

手寫╳螺旋式學習法╳日記式規劃三重饗宴，歡樂學習50音！

作　　者	赤名莉香◎著
繪　　者	張嘉容
顧　　問	曾文旭
社　　長	王毓芳
編輯統籌	耿文國
主　　編	吳靜宜
執行編輯	廖婉婷、黃韻璇、潘妍潔
美術編輯	王桂芳、張嘉容
法律顧問	北辰著作權事務所　蕭雄淋律師、幸秋妙律師

初　　版	2021年03月
出　　版	捷徑文化出版事業有限公司——資料夾文化出版
電　　話	（02）2752-5618
傳　　真	（02）2752-5619

定　　價	新台幣280元／港幣93元
產品內容	1書

總 經 銷	知遠文化事業有限公司
地　　址	222新北市深坑區北深路3段155巷25號5樓
電　　話	（02）2664-8800
傳　　真	（02）2664-8801

港澳地區總經銷	和平圖書有限公司
地　　址	香港柴灣嘉業街12號百樂門大廈17樓
電　　話	（852）2804-6687
傳　　真	（852）2804-6409

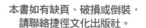 捷徑 Book站

現在就上臉書（FACEBOOK）「捷徑BOOK站」並按讚加入粉絲團，
就可享每月不定期新書資訊和粉絲專享小禮物喔！
http://www.facebook.com/royalroadbooks
讀者來函：royalroadbooks@gmail.com

本書如有缺頁、破損或倒裝，
請聯絡捷徑文化出版社。

【版權所有　翻印必究】

國家圖書館出版品預行編目資料

日文派對：50音得用手寫這樣學／赤名莉香著. --
初版. -- [臺北市]：捷徑文化出版事業有限公司——
資料夾文化出版, 2021.03
　面；　公分. --（日語學習；2）
ISBN 978-986-5507-62-6（平裝）
1.日語 2.語音 3.假名

803.1134　　　　　　　　　　110001568